是故事，不是自传。

除了爱，皆为虚构。

我不能放下的一切

THINGS I CAN'T LET GO OFF

丁丁张 著

湖南文艺出版社
HUNAN LITERATURE AND ART PUBLISHING HOUSE

博集天卷
CS-BOOKY

目
录

CONTENTS

我不能放下的一切

1

后记

307

我不能放下的一切

1

我不能放下的一切

算命如看人生预告，
准和不准都让人紧张。

人到中年总要信些什么，比如命。

信命之后也就信算命了。必须强调，我是不怎么信的。

这天，我和好朋友雷悟是早上九点准时到的茶餐厅，跟前台负责接待的女孩结结巴巴说了自己的预约号，她立刻心领神会，扭身一摇一摇地带着我们进去。

领位小姐和餐厅都是中式风格。餐厅雕梁画栋，有年头了，显得旧。经过长廊时有股阴风，让我更想打退堂鼓。我说，要不我不进去了？主要我也没什么想问的。雷悟说，不问怎么知道呢？而且，钱都交了。

领位的女孩低声附和，就是，来都来了。我有种大概就是要坐过山车，但还没上车时的心情。

包厢在长廊尽头，门被半截红帘子盖着，欲语还羞。门口有两把椅子，是明清样式，骨架清丽，感觉很硬、很难坐。领位的小姐指了指门，转身走了。我俩在门口拉扯，都不想第一个进去。这时门内传出一声冷笑说，赶紧，谁都行。

雷悟是被我推进去的。我鼓励他说，你最好看。我了解他，听到这个，他什么事儿都做得出来。

我在外边等，椅子冰凉，果然和看起来一样难坐。我脊背僵硬，手无处可放，搭在双膝之上，姿势相当虔诚——与其说是坐着，不如说是半站着。

心情大概是坐上了过山车，此刻正向上攀，明知道即将经历什么，但不知道什么时候会经历。我心跳得突突的，大脑一片空白，想着自己一会儿要问什么，竟一概想不出。

算命如看人生预告，准和不准都让人紧张。我努力平复心情，在心里念叨：花钱算命，自己算是……甲方，这么想似乎不大对，那至少也算是消费者吧。

过了不久，雷悟出来了，眼泪汪汪。我说，怎么还戳到心事了？

他含混地说了句什么，千言万语化成一个颇为做作的转头拭泪，我还没来得及反应，就被他推了进去。

里边不算亮，一张圆桌，桌上有盘砂糖橘，干干巴巴，旁边有一个香插，檀香烧了一半。一个大烟灰缸，有股烧了什么的味道。透明壶里冒着热气，大顶白菊状如水母在水中旋转。对着我坐着一位……应该是女士吧，正低头给我倒茶，头发稀疏得很，可见头皮，呈粉红色。

我乖乖坐下，她把茶杯推过来，说，喝茶，吃橘子。

她脸冲向我，眼睛似睁非睁，冲我咧嘴一笑，见嘴不见牙。她问，你问什么？

我说，我……其实没什么可问的，我陪刚才那人来的。

她说，那人问题倒挺多，那你生辰八字告诉我。

我报了生日，说，我好像真没啥问题，要不你帮我算算。

她笑了，不如不笑。确定地说，你情感有问题。

我说，我都没啥情感，怎么还有问题了。

她说，是人都有情感。

我心头闪过一个人。

她说，对，就你刚才想的这个人。

啪嗒，是檀香掉落在香插里的声音，刚够让人心惊肉跳。

她沉吟了下，手指飞快地动了动，猛然抬头，看着我说，不过马上啊，你身边就要来个新的女孩。

多新？

非常新。

没太懂。

不用太懂，你俩彼此影响，互相改变。

我说，这么深入？

她说，老深入了。

我说，仙姑，你东北人啊。

她说，最近东北客户多。

她手指继续捻动，皱眉说，不过最近你小心点，有血光之灾，不算大，一点点。

我说，能化解吗？

她说，能。二百。

听到要钱我就踏实了，拿出钱包，看了看，说，可我就一百现金。

她说，行，那化解一半吧。

我说，行，能化一半是一半。

她把钱收了，拿出张符，当着我面烧了，扔在面前的大烟灰缸里。

这样的命，我也能算。我当然不敢当着她的面这么说，但心里是这样想的。

逃出来站在太阳底下，终于觉得不那么冷了。我问雷悟，你缓过来了没有？

雷悟说，太准了。

我说，怎么个准法？

她说我跟前任过不到头。

我也说过你俩过不到头啊。我不服气。

雷悟说，不一样，她说得细。

多细？

雷悟说，她说对方不爱我。

这么细啊。我眯着眼抽烟。

不过大师说了，也有好事儿，我马上就有戏了。雷悟说。

有什么戏？我问。

你说呢？我作为一个演员，当然是真戏。雷悟特别认真地回答。

我又忘了他是个演员了，真对不起他。

那我也应该问项目的。我说。

风吹过河岸，二环下的河水无精打采。我和雷悟站在岸边一棵大柳树旁，它还在沉睡，一个冬天了，看来还是不想早起。太阳今天有摸鱼之嫌，感受不到它的温度。这是北方的二月底，天空暧昧，没有颜色。

春节刚过，万物等着春风，还没等到，众生暂时茫然。

对了，刚才我心头闪过的那个人，名叫楚储。

但咱们先不说她。

2

我不能放下的一切

我谁都不溺爱、不惯着、不心疼，
包括我自己。

我又高又瘦，皮肤白，喉结大，手长脚长，戴黑框眼镜，头发多且硬。我长得还行，纤弱斯文，只是气质偏颓废，或者不是气质，是生活造成的。

唐编辑之前老说我有"书生气"，一个词概括了我的长相和性格。这两年说得少了，说我——固执己见。

我哈哈大笑，不是假笑。我说，你把"己见"去掉可能更准确些。

她习惯了我，暂时忍着，低头喝茶。

她明明一个爱喝茶的，非跟我约咖啡馆，说喝了咖啡心悸。一点儿都不现代的唐编辑，此刻正在数落我。

她说，你别老写你这个年龄段的事儿，年轻读者不爱看。你得知道他们喜欢什么，都短视频时代了……节奏得快……

她不看我，或者不敢。因为道理似乎只是有一点儿对，她说出来自己都不大同意，或者怕显得太认真，真伤到我。

可用生理年龄判断人是否年轻过于武断，我觉得我百舸争流，与时俱进，尚算年轻人。但人一旦开始争论自己还算不算是年轻人时，这个人应该也不年轻了。

别拿年龄说事儿啊，有些人一出生就老了。我顶了一句。

唐编辑是我第一本书的编辑，跟我断断续续合作整十年。她比我年纪小些，中间经历了婚变，难受过一阵子，现在化悲痛为力量了，每天一身正气。健身、夜跑、昂首挺胸搞事业。我之前劝她振作，现在劝她差不多就行了，对自己狠就好，万万不可殃及他人，尤其是我。

我说你说得都在理，但我有些反对意见。

否定之前先肯定，这应该是我常年编剧工作落下的病根儿。

我说，我是不怎么看短视频，看到时也会哈哈大笑，不过内心真觉得它们吵，为啥非得配音乐呢？一句话能说明白的事儿非得拆成五句，明明浪费着时间，还做倍速，说话贼快，跟多赶时间似的。赶时间去干吗呢？看下一条吗？咱们在这里找读者，唐编辑你是难为我也难为读者。

为什么不放过彼此呢？我大声问，不像是问她，更像问这个世界。

你有才华，不写可惜。唐编辑回答不了，试着先褒后贬。她深吸一口气，接着说，但还是要逗一点儿，幽默一点儿，你一写东西就一本正经。

我斜倒在她对面的椅子上，腿跷起来，姿态不大服气。

明明是她一本正经，像个干部。

她正襟危坐，说，现在的年轻人看不下去长东西。

就是因为老看短视频人们才更没耐心的，可书又不是短视频，我的看法是……我说。

你的看法不重要。唐编辑终于憋出了这句话。

也对。我这样不大畅销的作者，大概也没有人在意我的看法。其实大部分时候，大部分人的大部分看法都不重要，大部分人的大部分做法才重要。

大部分人的大部分做法就可以被叫作时代了。

之前我上班时也曾如此，对着那些试着写"自己爱的电影"的人侃侃而谈，谁还不是唐编辑了。一旦自认为站在时代边上，就特容易口若悬河。而今我俯瞰到可怜的我，在唐编辑那里变成当年我口中的不合时宜者，人嘛，果然欠下的总是要还的。

想到这个我有些烦躁。对话到此为止，我起身说，要么换选题，要么换我。

大部分暴躁，都来自事主无能。

咖啡只喝了一半，不过也不可惜，如同谈话和关系，一旦凉了半截，就很难继续将它喝完。

唐编辑没有叫住我，如同我放弃那杯失去温度的咖啡。

我在门口抽了一支烟，稳定情绪。一根烟的工夫，唐编辑还没有追出来。真是的，这人一点儿情商都没有。

最近的诸多生活境况如同此刻：相约而来，不欢而散。

我叫丁本牧，四十四岁，金牛座，属马。笃信"天道酬勤"。之前为人苛刻、不敢松懈、自我剥削、老觉得能勤劳致富，但现在越来越知道，之前赚到的钱跟我的聪明、勤奋、才华没有关系，或者关系微弱，那都属于时代馈赠。

我暂时没买房，因为买不起。

我单身状态，致使保洁阿姨来打扫的时候非常惊讶。想不通我在应该二婚的年纪为什么还未婚单身，明明长得还行啊，身体也看不出有什么残疾。

直到看我天天在家，偶尔读书，偶尔揪着头发在电脑前龇牙咧嘴地打字，发现我原来是个作家，她一下子想通了，也顺带原谅了我总跟她说，英姐，你别跟我聊天，不要打断我的思路。

阿姨姓焦，名保英，属于不大好介绍的姓，符合职业特征的名。她比我小两岁，叫她什么让我颇为踌躇，叫小焦显得我老且滑头，叫保英又过于亲近了些，只好硬叫她英姐，反正我看着不大。跑题了，说这个无非让大家知道，四十多岁的年纪半老不老，油腻比上不足，尴尬比下有余。

她要是知道我比她还大两岁，肯定会更加尊重我，但不必了。

在大城市里，"不熟"是人和人之间最好的距离。

英姐来的时候我就去健身，一周三次。她和我的健身教练勇强，在我的生活里互相促进，彼此拉动，竟形成了产业链闭环。

我当然不介意在别人眼中是个怪人，别人爱怎么看怎么看，何况我只是单身状态，这"状态"有点儿难以描述，具体情况容我稍后再说。

我住在北京市朝阳区北三环和北四环的中间，养着一条叫皮卡的狗。

十年前和五年前我分别出过一本书，卖得还可以，现在基本算过气了吧。时代翻篇太快，不怪时代，怪我手太慢，心不急，锁水能力差，对读者的记性估计过高。

这两年我一直坚持写作，终未再写出什么，偶尔会对自己名字前"畅销书作家"的标签感到不安。被人问起代表作是什么，回答总是不提也罢。

唐编辑不离不弃，还是信任我的。她人挺客观，认为我善于把握人物的内心，共情能力强于文字能力，但想来她对我的顽固非常头疼，关键她还总辩不过我。或者在她眼中，我已然变成了倔老头儿也说不定。

说我是倔老头儿为时过早，虽然我一直致力于未来当个倔老头儿，文艺、时髦、读书看报、骂骂咧咧、绝不多管闲事、随地吐痰，这样的老头儿该多酷。

当老头儿为时尚早，只做自己又有点儿分量不够，容貌三十三，心态二十二，实际年龄四十四，属实的尴尬期。

最近我很倔，翻脸了好几次。一次是被朋友指责不关心她，我说关心是互相的，当着挺多人的面，让场面颇为难看；一次是在项目会上，我说做编剧挺难的，大家不要光提意见不提方案，只否定和沉吟有什么屁用呢？刚刚否定和沉吟良久的制片人脸上显得挂不住，场面当然又很难看。

加上和唐编辑这次难看的见面，已经三次了。

所以我哪儿用算命，越来越难就是我的命。

下坡路不是应该很好走吗？我时常感到困惑，这顶风冒雪、如履薄冰之感到底从何而来？

新一年早开始了，却什么都没有推进，这让我焦躁。之前上班还能靠公司的动力无意识转动，四十岁时辞职后我开始靠创作为生，偶尔帮人编剧、开策划会什么的，全靠自驱，说起来是自由职业，其实半点儿不自由。

小说本可以不写，但内心总还是有想表达的，不说憋闷，所以时常还是会和唐编辑碰选题。两人都过于认真，每次必吵。

创作一旦需要彼此说服才能下笔，就变得无比艰难。为了赚钱当编剧受制于人我能理解，写小说本来也带不来什么收入，如果还要被各种要求，我当然很难服气。

至于朋友嘛，我四十岁后慢慢觉得，落花流水，总有离散，不要勉强，更谈不了条件。

各种无言以对，都该算了算了。

我跟雷悟讲了上边这些啰啰唆唆的话，人已有三分醉意。

酒是好东西，谋财害命，让人暂时快乐。

今天算完命我去见了唐编辑，不欢而散之后，雷悟的电话打过来，在那头极为兴奋地说，仙姑真灵啊！刚才真的有剧组给我打电话，让我明天紧急进组。然后抓我跟他庆祝下。

雷悟是我多年老友，他的辞职故事比我的更为传奇。是他有天睡醒了，到公司提了辞职，说要去当演员。上司仔细看了看他的脸，断然拒绝，说这不合理。他落下泪来，一番慷慨陈词。两日后，上司签字同意。他跟人说，前天那段是我演的。

不仅是他公司同事，连我都很好奇，追问他，你是做梦梦见了一个新梦想吗？他没有回答我，似乎被梦想壮了胆，不怕提问，也不奢望被理解，变得无所畏惧。

我理解他的突然觉醒可能是年龄带来的。二十岁的时候老看别人，三十岁时会看别人怎么看自己，四十岁时开始问自己是谁，还能做什么。无非是觉得人生苦短，必须只争朝夕了。

我不理解的是，人必须苦哈哈地追梦吗？我说，你是长得比普通人好点儿，但在演员里顶多算个一般人。不过我支持你，我在作家里也是一般人。

好朋友就是这样的吧。你可以因为了解他而变得理解他，因为理解他而不用太了解他，虽然演员这个梦他是怎么播种的，又如何被他浇灌成现在这个必须壮士断腕才能实现的东西，我全程未曾察觉。

可我不也是如此吗？如此坚定不移，如此不撞南墙不回头。

结局则是，他很久没有剧组接纳，早已坐吃山空；我呢，埋头写作，得了颈椎病，隔三岔五被人用"时代"抽打。

梦想到底是什么呢？是折磨着人，让人一无所有、无法安睡的东西，还是因为自己一叶障目、固执笃定造成的结果？

我用力和雷悟碰杯，酒洒了出来，我放下酒，拿起抹布，认真擦桌子。

这是我的习惯，说洁癖也不为过。

我说，我是有点儿强迫症。

雷悟表示同意，说人控制不了别的，只好控制桌面。

我把抹布拿去洗，跟他说，你说得对，但你该走了，我得准时睡觉。

作为我的好朋友，他当然也是了解我的。别人看我龟毛，洁癖，假干净。其实我是尊重内心秩序，信服时间管理，内心常有九个字：不要等，不要停，不要乱。其他表现还包括：害怕冲突，尽量避免让人失望，活得谨小慎微。

很想洒脱，但做不到。人菜心小梦想大，就是屎吧。

我适合当个保洁，肯定能干好。我说。

对，他说，但确实有点儿浪费。

你该走了，别掉渣儿。我说完，顺手清理了他面前的坚果壳。

雷悟说，不过你四十多岁的人还想自己是个什么人，说明生活里没有真的艰难，这是你的幸运。

的确，如果我任性地、自以为是地这么过下去的话，将永远觉得自己二十多岁。我没结婚，自然也没有孩子，父母被我一厢情愿地认为还没有老，对世界和人生还有所剩不多的物质上、精神上的好奇，尚有余钱满足。我不艰难是因为我躲开了艰难，这我心里有数。

很多时候，我觉得我什么都没有。我几乎是自言自语。

我也什么都没有。雷悟又开始了。

我后悔说这个，他必然要重新将自己分手这事儿再讲一遍。

这是夜里十点五十分，落地灯从房间里大棵变色木的间隙照过来，宛如满月。我家里绿植很多，逢周三浇水，来过我家的都说我绿植养得好。其实是不服管的、半死不活的都被我狠心扔掉了。我谁都不溺爱、不惯着、不心疼，包括我自己。

可我喜欢它们，它们让房间不空。我也喜欢酒，酒让夜晚不空。

我内心并不希望雷悟走。某种程度上，朋友让生活不空。即便他现在已经在哭，说自己一无所有。这让我尴尬，是不是做演员的情感都相对丰富些？

我劝他说，你不还有辆车吗？人失恋失望时，最好做点具体的事，那是最好的疗伤，比如，去学个车，不然你的车要放烂了。

他那车是和前任在一块儿时的冲动消费。当时我说你又不会开，他说那个谁会啊。我说那分手了怎么办？他说，我们不会分手的，你这个人就是太悲观。再说了，真分手的时候我就学会了。

他分手的时候，没学会开车，在副驾驶位置痛哭完毕后，叫我过去帮他把车开回家。那天月亮挺大，拉着他和他的东西，我用酒精湿巾擦着方向盘说，你看看，人走车凉。

现在我说，一切不重要，得得失失，人来人往，东西买了坏了又买新的，都是个过程。哪有什么真正拥有啊，人最后都是一无所有。

我不知道为什么说这样的话，伴随着体力、视力的下降，最近常有一切都将失去的虚无感。不以物喜，不以己悲的平静中年并未如愿到来，还是慌乱有时，饥渴有时，人生故事走到中段靠后一点儿，答案似乎即将出现，却也并不确定。

或者根本没有答案。书才有后记，人可没有。

我又说，人生嘛，有时候像找不到头儿的透明胶带，你抠了半天，终于找到了，却忘了究竟要粘什么。

坐下时我有点儿醉了。

然后我的电话开始嗡嗡作响。

3

我不能放下的一切

马上家里，
将活生生地多出一个侄女。

电话绝对是人类最伟大也最可怕的发明。

房东和我哥的电话都可以让我瞬间清醒，这两个号码都能让我迅速知道自己的处境：一是我仍寄人篱下，二是我还有父母、责任、中年危机。两个清醒的交汇点是我必须面对的——酒和梦想都遮盖不住的真实世界。

来自我哥的电话，尤其是晚上，必然事关父母，这让我分外紧张。

老家的事儿有点儿一言难尽。去年爸爸骑电动车摔了，左腿股骨颈骨折。我带着剧本赶回老家。我哥和我商量，最后选择保守治疗。好处是手术小些，不那么危险；坏处是要卧床休养一年。然后本来可以照顾他的、身体挺好的妈妈做了个体检，突然查出有早期阿尔茨海默症的症状。虽然病程缓慢，但这于要强的她来说，无异于晴天霹雳。

之前一对行动自如、性格温和的老人同时变得古怪暴躁，于哥哥来说确实压力过大。我说我来出钱找个护工，他叹气说，这状况很难找到合适的人，而且哪个护工能管得住咱们的妈？只好暂时由他自己在身边照顾。他知道我写剧本，说你不要分心，慢性病都这样，熬的是时间，慢慢来吧。

我们俩基本就这个分工，我哥出力，我出钱。我当然知道，出钱的我更容易些。所以我必须得尊敬我哥，他毕竟承担了太多我该承担的部分。我必须心疼他，他可是在家的我，我是如果能远走高飞的他。我们互为彼此，呈镜像关系。

好在哥哥乐观，没有被这些压垮。我忘了什么时候他开始变成责任感极强的人，或许源于我永远假装年轻，擅于逃避。哥哥平静谦和，温驯如牛。今年过年时偷偷拉我到一边跟我说，我跟你嫂子已经离婚了，跟爸妈和孩子都没说，你也就当不知道。我看着嫂子像没事儿人一样忙前忙后，觉得成年人真不容易，也更心疼我哥了。

现在他正在电话里吞吞吐吐，说，你不用紧张，知道不该这么晚给你打电话。咱妈还好，爸爸最近也能站着走短距离了，没什么大事儿。

然后他说，你侄女丁辛辛最近找了个在北京的工作，刚告诉我，还说要自己租房。我不大放心，看能不能……让她去你那儿暂住一段，稳定了再找房子。

知道爸妈身体无恙，我心中巨石落了地。但得知侄女要来，石头又重新压回胸口。我看着我家里另一位成员，我的狗皮卡，它正定睛看着我。这蠢货，对于家中即将新增人口毫无察觉。

怕我反对，哥哥补充说，丁辛辛挺乖的，不会给你添麻烦。

我说不出其实挺麻烦的，口不对心，硬让自己说，不麻烦，你让她来吧。

哥哥说，你帮我看着她，让她踏实点。

我说，放心吧，有我在呢。

放下电话，我酒醒了大半。跟雷悟说，走，跟我去把客房收拾一下。

他说，我不用住你这儿，我得回家收拾行李。

谁他妈让你住了，是我侄女要来了。我也不知道为什么突然开始骂脏话。

我到客房，按亮客房的灯。这里跟客厅不同，东西有点儿多，更像储藏室。几乎看不见床面。

谁侄女？雷悟问。

我侄女。

侄女是……什么？

什么是什么？

是谁的孩子？

我哥哥的孩子。我没好气地回。

你哥哥的孩子，男孩女孩？

侄女！你说男孩女孩！！！我几乎怒吼。

那不是叫外甥女？雷悟一副没有想明白的样子。

我哥的孩子叫侄女，外甥女应该是……我姐的孩子。我说。

你还有个姐啊？雷悟看着我，一副闻所未闻的表情。

我没有姐……我看着雷悟，认真地问，你选择当演员是不是觉得这行业对智商要求不高？

他点头，继续问，可你啥时候有个侄女？

我懒得理他。

那她啥时候来？

后天！

不影响明天送我就行。雷悟嘟囔着，帮忙挪开被子，枕边有一个方盒子，他问，这是什么？

话音未落，他已经将盒子打开，里边是很多拍立得照片。

这人是谁？

谁也不是！我劈手抢过盒子，将它塞在床下。

雷悟可以哭，我不可以。我不是他那种人，乐于展示情感，就像他真的拥有这些一样。我的情感故事独属于我，要藏起来，谁也不必说，即便他是我最好的朋友。

为了掩盖尴尬，我迅速拎起被子，跟雷悟说，来，换被套。

如果说人类需要另一个人类，一定是因为换被套。我说些无关紧要的话，从橱柜里拿出新的被套，扔给雷悟。

我将床单铺平，再和他合力将被套换上。

静电噼啪作响，被套一定不是纯棉的，织物里混了其他东西。有什么东西直顶鼻腔，一条曲线扶摇直上冲向脑门，我闭上眼睛，张开嘴巴。

雷悟将被子展开，因为酒意摇摇晃晃。他看着我问，刚才那盒子里的照片上是谁啊?

我头仰着,嘴巴张开,静止不动,手指示意他别跟我说话。

你咋了? 他问。

我该怎么告诉他我在酝酿一个巨大的应该很爽的喷嚏? 他问完后,那个巨大的应该很爽的喷嚏悄然消失了,如同彩票刮到最后一个错的数字,我非常失落。

你怎么那么多问题! 我说。

雷悟明白过来,笑着说,这也能怪我?

换完被套,铺上毯子,客房像客房的样子了。

真不错啊,雷悟直接弹到床上去。

起来! 新换的你怎么就上去了! 外衣多脏啊。

雷悟被迫站起,认真问我,你侄女知道她叔叔这样吗?

我俯身将他弄皱的毯子铺平。

阿——嚏,喷嚏虽迟但到。

爽是很爽,但我的脖子,好像……落枕了。

我试图扭动脖子,但它僵住了,到了一定角度就无法转动,也无法摆回正常角度,我的姿势像背着个衣柜。

雷悟笑了大概三分钟,被我赶出家门时仍然控制不住。酒后会觉得一切都很可爱、很好笑,这我理解,酒放大一切。

这真是岁数大了,打喷嚏还能闪到脖子,哈哈哈,你这姿势……显得很爱思考,哈哈哈,丁本牧,你怎么能还有个侄女?

我歪着脖子，像在思考，不过我确实在思考。我有个侄女，我确实也像是刚知道，毕竟多年间跳跃式的，逢年过节我才会见她。

像电影里的画面，带字幕那种。

三年后，五年后，十年后……她迅速地迎风长大，现在竟然到了要工作的地步？

说起来她的名字还是我起的。那是遥远的 1999 年，我还在笃信 2000 年地球就会灭亡，对未来充满不确定感，还没有离开老家来北京，当作家更是想都不敢想。

嫂子生她花了挺长时间，异常辛苦，但好在母女平安。作为家里的文化人，我被我妈要求起名字，那时候的妈还聪明果决。我说生得幸运又辛苦就叫丁幸辛吧，拗口是拗口点儿，但比较难重名，别用子啊萱啊之类那么俗的，咱们至少名字好过百分之九十的 90 后。

户籍警认错了，后来只能将错就错。户口下来，她叫丁辛辛。

记忆里她是很乖，不怎么说话，身材细瘦，言听计从的样子，很难描述个性，亲人比朋友可能更难熟悉，这我是知道的。只是没想到，到了我这代，还是这个样子。说起来，她成长的这二十多年，正好是我到北京的二十多年。

雷悟终于穿好了鞋，说，那我走了，你思考吧。

我说，滚滚滚。关上门，我姿势怪异地在客厅发了一会儿呆，背景音乐是爵士，软绵绵的，让人愁肠百结，索性关了。

马上家里，将活生生地多出一个侄女。

我想起仙姑说的话。

"马上，你身边就要来个新的女孩。"

"多新？"

"非常新。"

我到客房里，拿出床底的盒子，里边是拍立得照片，大概有上百张，都是楚储。

对，是我心里闪过的那个人。

我喜欢用拍立得相机，每次和她约会，我都拍两张。一张半身，一张只有脸的。姿态各异，但只有她，没有我。

我一张张翻看，酒醉之后，我更爱她。

但她呢？爱不爱我？

我拿出手机，给她发了晚安。

最先回立我的是手机闹钟，二十三点二十三分。

题外话是，闹钟的声音可真难听，包括但不限于所有真闹钟和手机手表里的。

现在我顾不上题外话。和别人不同，我需要闹钟提醒我几点睡觉。辞职做了自由人之后，准时睡觉似乎比准时起床变得更为重要。毕竟，我起床不需要闹钟，大部分时候我都在闹钟响起前醒来，瞪着眼睛等它响起。

我真是个怪人。现在我因为脖子受限姿态奇怪，已经不仅是个精神上的怪人了。

一想起我还没有洗澡，加湿器没有加水，桌上用过的酒杯还没有洗，这一切都将导致不能按时睡觉，我就更加抓狂。虽然我不知道准时于我有什么意义，但准时就是意义。

已经二十三点二十六分了。

不能乱！

看回水龙头下的手是因为突然感到一阵锐疼，太着急用力过猛，红酒杯被我捏碎了，血正顺着水流出来。我扔掉碎杯子，将左手中指拿到灯下看，血仍在流，三道伤口，看起来不浅。我赶紧捏住，去卧室找酒精和创可贴，血滴在地板上，有声响，一滴，两滴。

仙姑说，血光之灾，小小的。

她嘿嘿一笑，见嘴不见牙。

一定是巧合。

我找来酒精湿巾擦手，疼得龇牙咧嘴，再用创可贴把手包了，歪着脑袋找来拖把，打开了客厅的大灯，由六盏台灯和落地灯构成的浪漫氛围瞬间被蒸发掉。墙面上的镜子里，是姿势怪异，歪着脖子，举着中指，头发蓬乱，手拿拖把的我，一个怪人。

而我还没有遛狗！

带着皮卡飞奔下楼，一切跟跟跄跄，不是中年人该有的气定神闲。我在赶什么？我也不知道。

我用保鲜膜包住手指，坚持洗了澡，吹了头发。

钻进被窝的时候，手还在一跳一跳地疼。我歪着脖子将手伸在头顶上，这让我稍微舒服一点儿，正好修改下我日常挺尸般的睡姿。

杯子没放在固定的位置，但我实在不想再起来去挪动它了。

皮卡有点儿脏了，明天得送去店里洗洗。

喜迎侄女嘛。

临睡前，手机亮了一下，应该是楚储给我回了"晚安"吧。

4

我不能放下的一切

人活两个东西，
一个是当下，一个是离开世界的瞬间。

我和楚储是在杜一峰、陈畅的婚礼上认识的。

她是伴娘，我是伴郎。五年前，我头发更多，人更瘦些，还在上班，规范刻板的生活方式尚在形成之中。

作为新郎和新娘最好的朋友，我们俩认识本不可避免，但阴差阳错竟然一直没见到面。婚礼当晚，大家喝了不少酒，余兴节目是尽力撮合我俩，楚储小我一轮，九〇年，也属马。她人白且瘦，长发自然披着，眼睛黑亮。被临时抓起来说感言，大大方方的。她喝了酒，思路没乱。她说，陈畅结婚，让我有一种唇亡齿寒的感觉。

用词不当，但相当生动。我为此大力鼓掌，我们彼此加了微信，但一直都没联系。

婚后，杜一峰和陈畅移民去了新西兰，心心念念非要走，怎么劝也劝不住，像要去完成什么一样。

很多事情，后来说起才被看作命运。出事当天，本来是杜一峰自己去郊区看房子。陈畅因为当天的课被临时取消，就让杜一峰拉上她一起。两人到了郊区，看了房子，非常满意，准备回去冷静思考下再做定夺，回程高速上撞了只大鸟。

杜一峰最爱鸟，说新西兰动植物多，最适合人类居住。最终他因鸟而来，也因鸟而去。一切都太巧了，像命运的精心设计。

两年内，两场和他们有关的大事儿来的人差不多。当然，追思会人更少些，照片用的还是婚纱照，被白色玫瑰镶边，像纪念日。楚储没怎么变样，黑衣服包裹之下更显苍白。

当天我们俩太忙了，没空哭，送走了大家，安抚完老人，我俩找了个地方喝酒。两人并排坐着，对着亮马桥下黑黢黢的河水默不作声，然后开始掉眼泪。

哭完好受了些。我说，人活两个东西，一个是当下，一个是离开世界的瞬间，他们俩，也够本了吧。

楚储说，是，不算悲剧，和自己爱的人死一块儿，也还行吧。

成年人所有的轻描淡写，都是无可奈何。

之后她问我现在在干什么，我说又出了书，正忙着签售。

写作好玩吗？

一般吧，费里尼说了，搞文艺没什么用，但能分散注意力。

我只说了上半句，下半句费里尼是这样说的：从哪里分散注意力？从现实中，因为现实很糟糕。

楚储说，是，现实很糟糕。

我的心像被什么重重撞击了一下。

然后她说，会写东西挺好的。

不像是个问题，但我回答了。我说，是挺好，会对世界更好奇，会认真观察人和生活。像人打开了毛孔，真正睁开眼睛看这个世界。我之前对世界不好奇的，现在会觉得花怎么那么好看、树怎么这么高。它们共同存在，但都美自己的，互不争抢，还被人觉得好看，像精密设计过。

一定有什么力量，在设计着吧。她仰头说，看着天空，人埋在黑色西装里。

我看着她的侧脸，鼻梁挺直秀气，上唇微微上翘，有点儿欲语还休。楚储是美的，也像被精密设计过。

那天晚上，我们似乎达成了某种共识，或者，内心都一厢情愿地要将杜一峰和陈畅的关系向下延续。

我们俩一直喝酒，直到酒吧打烊。

终于离开时，两人都有点儿喝多了，在街灯下走得摇摇晃晃。我怕她跌倒，伸手扶她，是腰部靠上的位置，能感受到她的脊骨，她很挺拔。

我想说些什么，她转过身来，突然吻了我。

故事就这样开始了。当晚，我们去了我家，我们疯狂地做爱，像置身在死亡边上。高速路旁有碧蓝的湖水，深不见底。车灯急闪而过，玻璃碎在眼前，大鸟惨叫一声，硬嘴插进车厢，方向盘失去控制，更大的车灯从后向前，是凄厉的刹车声，车腾空而起……

我们像合力在对抗什么。

我爱你，黑暗里，我跟楚储说。她的身体像白玉一般，发出冷冷幽光，似乎无法焐热。

不，不用说这个。她按住我的嘴，发动下一次攻击。

现在想起来，该是楚储一开始就为这段关系定了调。也许是我，因为我忘了我是不是问过她今晚还走吗？这很不好，我是希望她留下的意思。

第二天，阳光刺目。我醒来时，楚储笑着看我，眼睛弯弯的。她说，我先走了，你再睡会儿。

没有陌生感，像我们已经在一起很久了。

那天她走后，我错愕了很久，看阳光逐渐照进房间，想着自己生命中忽然要多一个人，内心像被海啸掠过，需要重建秩序，一时间竟无法接受。

到中午时，她发了微信给我，说该起了，附带一个吐舌的表情。我下午时才发现，再想回给她时，已经是几个小时之后，觉得像是没话找话，索性没发。

楚储和我并没有像普通情侣那样迅速进入炙热的恋爱生活，更多时候我们仍像好朋友。每天早上发个"早"，晚上发个"晚安"，偶尔去看个电影，分享一些生活琐事，一周见一次面，通常是在我家。

我们热烈地拥抱、亲吻，感受彼此的身体。我们不谈爱，却在这些亲密里感受到了爱。我是爱她的，她应该能感受得到，至少我这样认为。

我们这样算什么？我曾经问过楚储。她答非所问，似乎刻意让我放松。她说，丁本牧，你看过那部电影《和莎莫的五百天》吗?

她说,我可能是那里边的莎莫。

我大概知道,是痴情男人自以为得到真爱最终又失去她的老故事。女主满口不相信爱,迅速和另一个人订了婚。怕得到更不好的答案,我没再追问,也没再去重看这部电影。

反正,人和人就这样吧。那时我已经接受自己是个怪人的设定。对于一个更怪的楚储的出现,多少有点儿无所谓。我们俩没有定义的松散又紧密的关系,别人不能理解,当然也不需要。

早上,我在脖子疼中醒来,莫名想起了我和楚储的这些过往,最后只是感叹,时间过得真快。

这句感叹,各种场景,都很好用。

我起身擦洗后去看手机,楚储并没有跟我说晚安,昨夜或许只是我的错觉。

每次她不跟我说晚安,我都觉得她要消失了。偶尔想过她真消失了我会是什么心情,会很痛苦吗,还是若无其事?或者,吸引我的不是楚储,而是这种若即若离?我没有答案。

先这样吧,反正得过且过。我给她发了个"早"。手指上的创可贴掉了,伤口有点儿要结痂,我重新糊上一个新的。

我急匆匆地出门,先送皮卡到宠物店里洗澡,再开车赶去雷悟家。

他戴着墨镜,显得皮肤更白,拎着个巨大的箱子站在单元门口等我。

我在车里给他打开了后备厢，懒得下车。

他在后边叫，帮我一下啊。

帮不了。我伸出左手，中指展示给他。

他吭哧吭哧搬完箱子上车，问，怎么了？真有血光之灾？

我不理他，等他开门上车。

不就三天戏？带这么大的箱子干吗？阳光洒进车里，我脖子歪着说话，左手中指翘着按在方向盘上，样子颇为滑稽。

输人不输阵嘛。他说完，看着我哈哈大笑。

感动不？我知道自己状态滑稽，歪着脖子问。

感动！他过来作势搂我。

别别别，疼。我推开他，脖子还在疼。

转上机场高速，雷悟说，这次去了，我想多争取一下机会，反正去都去了。语气有点儿慨然，只是他戴着大墨镜，看不出情绪。

景色飞速后撤，天空碧蓝如洗。

昨天照片里那个女孩儿是谁啊？他突然问我。

谁也不是！我拒绝回答。

说起来，楚储和我，算是单线联系，没有见过彼此的朋友。

行吧。雷悟看着窗外，说，知道你心里有人，我也就放心了。

说什么呢，你不就走三天吗？搞得离愁别绪的。我说，唉，我最不爱送人了。接人还可以。

我心里空落落的，楚储还没有给我回微信。

机场人挺多的，办完托运，雷悟执意让我陪他走到安检口，说这样才有送的意味。我骂他矫情，还是歪着脖子，伸着左手中指，像个白痴般地跟着过去，他倒是星光熠熠的。

终于到了安检口，他张开手臂，还要拥抱我。

到了好好演。我后撤一步，冷冷地说。

赶紧！雷悟张开双臂等着。

我只得过去抱他。他突然用力将我抱起来，转了一圈，力量过大，勒得我的胸口很疼。

神经病！快放下我。我几乎低声怒吼，脖子更疼了。

又被他转了一圈。他说，你要是在谈恋爱的话，可得幸福啊。

行行行。我应着，被他猝不及防的深情搞得有点儿感动，只好用力地拍拍他的后背。

然后隔着两条通道，我看到一个熟悉的身影。

唉，嘴硬心软，活该孤单。雷悟说完，转身进了安检，向我挥手。

又喊，你记得帮我照顾滴滴啊，隔天你就去家里一次，免得它抑郁。

知道了知道了，我敷衍地挥挥手。给猫取这么"共享"的一个名，只有雷悟能干得出来。

目光回到刚才看到的身影那里。这两天，这个人在我心里闪了很多次，这次竟闪到我眼前了，真是楚储。

我当然不会看错，因为过于震撼，画面似乎做了慢放一般。

她正和一个男人紧紧地拥抱，是依依惜别的样子。男人看起来和她年龄相仿，短发，皮肤很白，样子清爽，穿卡其色大衣，手里拖着一个登机箱。

真是楚储。此刻，她正被他抱着，轻轻摇动，是偶像剧般美好的画面了。

男人松开她，冲着她笑，揉了揉她的头发，状态亲昵。楚储没有任何不好意思，目光在他脸上。旁若无人，自然也没有注意到我。

我快步走开，像是自己做错了什么。

上午十一点，是谁需要她送到机场，还要送到安检口，还要如此亲密地拥抱？是像我和雷悟这样的好朋友吗？突然缺少的晚安和早安是因为这个人吗？我已无法呼吸，脑海里有些细碎的画面，手指一跳一跳地疼了起来。

真的是她吗？还是我认错人了？这样想着，我几乎要停下步子，重新回去确认。但又有什么拉住了我，让我无法转身。

我裹紧外套，觉得无比寒冷。我的脖子还是僵直不动，这时候也适合不动，最好能就地石化或者火化。伤手已经被我攥紧了，刺骨地疼。

一个女人，直接跳到我的面前，辅以尖叫，我还没有回过神，已经被她紧紧抱住，真是香气扑鼻。

她大喊：丁本牧！真的是你！

不然呢？

我倒希望真不是我，至少今天不是。

5

我不能放下的一切

人很奇妙，一开始性格决定命运，
后来命运决定性格。

　　成年人最不适合惊喜，巧遇也不适合。在大庭广众下遇见熟人，倘若没做好准备，简直令人愤怒，如同接到不愿接的电话。

　　抱住我的人是何美，倒也不算什么不愿意接的电话，只是需要立刻调整情绪，应对热情的她，现在的我暂时有点儿无能为力。

　　在一个城市待得久了，确实已将他乡作故乡，特征是在哪里都有机会碰到熟人。何美是我第一份工作时的同事，当年我们差点儿要谈恋爱。经过几轮谈判，两人都各退一步，当了朋友。

　　何美后来迅速结了婚，说是嫁给了富二代，之后开始创业，风生水起了一段时间，真人也连带阶级跃迁的抱负，随梦想扶摇直上，消失了很长时间。

　　我们后来彼此都忙，她是真的，我是装的。

　　那时我们基本一年一见。她生孩子搞了百日宴。孩子长得漂亮，眉清目秀，透着聪明，不像她，也不像她老公。她仍丰满锋利、风情万种，再添一项——疯疯癫癫，但几乎没有变样，只是更爱喝酒。

百日宴当天她发表感言，说孩子是抽空生的，公司正忙着上市。那是小长假期间，她说自己假期前还在出差，假期后要做背奶妈妈，带着吸奶器继续出差。说完，她看着我和我干杯，说你看，要是咱俩结婚，孩子肯定比这个大了。我皱眉说，百岁宴你说这个干吗？她哈哈大笑，说你大爷丁本牧，是百日宴。

我俩笑了半天，别人看得莫名其妙。其实我知道她和我是真的亲近，彼此理解。

之后不间断看到商业杂志或公众号提及她的公司，和诸多新兴的互联网公司差不多路径。开始总是炙手可热地拿到投资，众星捧月，转年后开始有热钱烧尽、命悬一线的负面稿子，到后来出现"最后一头独角兽终将倒下"之类的。她关闭了朋友圈，微信群里也不再怎么说话，各种渠道都很低调。

人很奇妙，一开始性格决定命运，后来命运决定性格。

比如我，今天就属于内向型。

何美和我走出机场的时候适应了对方。她说她本来不想认我，但我实在姿势太怪，走得又过快，她以为僵尸来了，细看发现竟然是我，惊吓变成惊喜。她说自己最近都自闭了，不怎么跟人联系，但见到我还是非常开心的。

我说我也是。

她说，一点儿都看不出来，你手怎么了？

刷杯子扎的。我诚实回答，其实是脑子不转。只好问她，你来机场干什么？

她说，送我妈。

我说，今天看来适合送人。

你怎么六神无主，一直在这儿说废话呢，开车来的？

嗯。

那你一会儿去哪儿？

万国城，接皮卡，它在洗澡。

正好我没车，你顺我到那儿，我去开会。何美说。CEO当惯了，她的语气不是商量，是决定。

我只能答应，唯一的遗憾是到停车场的距离有点儿长，需要不断说话，好在何美在哪里都可以自己专访自己。

她说，我妈跟我爸换班，过来帮着带孩子。你也知道他俩离婚多年，交班竟然不见面，飞机都选同一时间对开。

两人早不恨了。我爸说了，没有情绪，但不见最好。说这时候已经连男女争斗都不算了，只是人和人的争斗，比谁活得更长。何美哈哈大笑。

我嘿嘿假笑说，老两位真克制、真体面、真讲道理。

平缓运行的扶手梯上，我俩静静站着。

时间过得真快。我们俩几乎同时感叹。

到这个年纪，这句果然最好用，可做逗号、句号、省略号。

你车呢？我没话找话。

卖了，老子生意倒闭了，卖车还钱。

哦。两人又沉默了。

其实真没那么惨。

估计是怕我真同情她，上车后，何美解释说。只是咱得有个失败者的样子，戏做全套，对真正的生活有影响吗？有，但也不大，只是对自己失望，没成。

也不用这么说，不是谁都有机会骑倒独角兽的。我认真说，也认真开车，手指竖起，裹着创可贴。我补充了下，我不是故意安慰你，是真的这么想。

我离婚了。何美说。

哦。

你不惊讶？

不惊讶，你们俩本来就不是一类人，一直在一起才奇怪。我说。

何美说，我不祈求爱了，可不能两人连话都不说吧。能说话比能做爱珍贵，我才多大，还得为自己活。

机场高速有点儿堵车，开不快。

何美接着说，然后提了申请，没有谈什么细节，到了现场直接写离婚协议，孩子归我，抚养费他出，约定了见孩子的时间。离婚倒是很顺利，比别的都顺。妈的。何美哈哈大笑，美人适合骂脏话。

然后她问我，你呢，还单着呢？我心停跳了一拍，点头算是回答。

单着好，糟糕的关系不如没有。何美说，心中无事就是幸福呀。

我心中有事，但我没有办法告诉她。

晚上来我这儿吧，喝一杯，好久没见了，老程也来。何美发出邀请，接着说，她不是一直在跟我创业吗，现在公司散了，说人要歇歇，我就答应了。

我……我想拒绝，但找不出理由。

想不出理由吧？那就这么定。下车前，何美替我做了决定。又突然想起什么，问，皮卡还好吧？

没死。

说起来也十岁了？

十一了。

唉，时间过得真快啊，那晚上见。何美下车。

我未必去啊！我又喊了一句。

你必须得来！

这是我和何美固定的说话模式，车上不想说话，她下车时，我倒有几分不舍。

皮卡洗好了，显得乖巧和年轻。我跟它说，你好好的，明天你姐姐就来了。它不明就里，在车后座，前腿踩在手套箱上，过来亲我的耳朵。

楚储仍然没有给我回微信。

我心情烦乱，更令我沮丧的是，我发现于我而言，有无早安并不关键，关键在于这一切偏离了我的日常轨道。

可我的日常算什么呢？有什么必须要保护的？

说狗活一年等于人类七年，那你七十七了？红灯时，我透过后视镜跟皮卡讲话。它瞪大眼睛看我，静止不动，似乎也在思考。然后，它抬起了一条后腿，我喊，别啊！

我太了解它了，它尿了。

我把车停在路边打着双闪清理后座时，尊姐打来电话，委婉地说，咱们编剧的工作暂时停停。

行，目前出场五个人一条狗，人均狗均一条坏消息。

没给大家介绍，尊姐算我半个经纪人，编剧什么的，写归我写，谈是她谈。

我急了，问什么意思？尊姐说，没办法，那天你撂了制片人后，人家觉得你不好合作，再改不是办法，准备起用新人。

那钱呢？

钱就砍一半，按交的五集给，我已经谈过了……

我打断她，可前边写了总纲、分集纲什么的都不算了？

有什么办法呢，其实本来连这五集都不给的，还不是看我们前边参与了那么久……

我不同意！

我怒吼，挂了电话，把自己关在车里，皮卡夹着尾巴，依然可怜巴巴。

我又没说你，你没有必要这个表情！我对它喊，像它真懂什么似的。

它定睛看着我，有点儿畏惧。我没事儿。我跟它说。伸手去摸它的头。见我示意，它用力地抖了抖身体，换了情绪，变得快乐起来，伸出舌头，哈哈吐气，头顶努力蹭我的手。

车窗外，每个人都急匆匆的，似乎有急事要做。

我呢，好朋友刚去外地，项目黄了，书还没有定选题，情感状况暂时不明，狗尿在了我的车上，对了，我的手还受伤了，我侄女还马上要来跟我住一起。

手机响了，楚储回了微信，简单有力，早。像什么也没发生一样。

她永远都是这样，泰然自若。我必须配合，大家都是成年人，我也不能显得慌乱。

我回，不早了。今天见吗？

她没再回复。

成年人也不大好意思再追问了，追问显得狼狈、急于求成、不知进退。

沉默就是拒绝。

6

我不能放下的一切

时间永不停歇，
从一夜到一夜，从一个空洞到另一个。

我回家躺了一会儿，怎么也睡不着，只得起来，无事可做，坐立不安。想着侄女明天要来了，等回过神来，发现自己正姿势奇怪地在房间里转圈。

侄女要来了，或者今晚楚储也会来。我订了些水果，以备不时之需，草莓和车厘子各一盒，哈密瓜一只。

之前老在新源里菜市场一个老板那里订，动辄上千。今年消费降级了，手机里有个购买水果蔬菜的 App，倒也齐全，全是平替，只是好不好吃全看手气。大部分时候，水果们都徒有其表，可这年头儿谁不是呢？倒也不能苛责水果。

账户里还有二十一万，算是积蓄。雷悟追求梦想这段时间，从我这儿断断续续拿走了不下十万，目前看不出他有偿还能力。妈的，突然想起我还得去帮他喂猫，我欠他的吗？

何美电话打过来，说晚上订餐，你想吃什么？我说你等下，未必能去呢。她说就你忙。我说，真的有个剧本会要开，但还没有定时间。

我当然撒了谎，剧本会晚上可能真的在开，但并没有我。

到下午五点多，我收拾停当准备去何美家。微信突然响了，是楚储。她说，晚上见。

想着侄女明天就要来了，我得珍惜这次见面机会，立刻给她回：好。

我给何美打了电话，说真不巧啊，剧本会真就是在今天开。

何美说，你爱来不来吧。要不改明天？

我说行。

何美说，你真烦人。

我说，确实。内心希望她骂我更重些，让我减少些罪恶感。

等楚储的时间不算难熬，除了手上有伤，脖子难受之外。我先认真洗一遍自己，再洗水果，搭配成盘。红酒开好醒上，干果盘倒满一些，杯子上有些水渍，被我对着灯逐一擦掉。懒人沙发的套子换洗下，洗衣机嗡嗡作响。我歪着脖子停住，想起来什么，把她的拖鞋放在了门口。

准备得过于精心成套系，让我想起我妈。言传身教，不愧为她的儿子。她更健康一些的时候，永远手脚不停，乐得照顾一家人的一切。人也如鹰一般机警，每个人的每个喷嚏、每个饱嗝、每个细微动作她都尽收眼底。她可能不知道吧，过度关注会让人感到压力，爱的浓度过高可能会把人逼疯。

我提醒自己差不多得了，业精于勤荒于嬉，爱则常毁于一往情深。但还是站起来，将客厅的地面擦了一遍，又点了一根香，去去房间里的烟味儿。

皮卡被拴在洗衣房的门上，到楚储离开之前，它的活动将受到限制，避免我们吃饭时被它打扰。其实它大部分时候很乖，偶尔才馋。

很多时候，我觉得楚储并不爱我，因为她不爱皮卡，不怎么跟它互动，但也不知道她是不爱所有的狗，还是因为不够爱我而不爱我的狗。

归根结底是我对楚储没有把握，老觉得感受不到她的关切。不知凉薄是她的本性，还是单单只是如此对我而已。

其实我早知道楚储与我之间有堵墙，即便我们再亲密，拥抱、亲吻、做爱、身体上无比接近，这堵墙依旧存在。它阻挡住所有语言、文字、表达，让我的热烈无的放矢。这也让我更加依赖每同一次的见面，以便确认我真的拥有她。但她会迅速离开，从不留下。

她的气息消失不见后，房间立刻变空，像人未曾来过，一切变得虚假。而我迅速陷入新的、逐渐扩大的空洞和期盼之中。

我想起早上撞见的那个拥抱，心情沉闷。沉闷在于，我发现我并不了解她，除了她自己本身，还有她关于我的部分，仔细想想，我对她几乎一无所知。

楚储每次到楼下，都会发一个"到达"，今天也这样，像列车驶入车站，一切按部就班。我到单元口接她，她还是上午的装扮，身上带着三月的冷风。我伸手准备抱她，被她笑着躲开。

躲避是另一种拒绝。躲避对视和躲避肢体接触是关系崩坏的开端。我果然如唐编辑所言，一旦认真，就有点儿一本正经。

我的楚储，正在走近我，或许也正在离开我。但她什么也没说。机场的人肯定是她，我怎么会看错呢。

电梯里我们没有说话。我故作轻松，偷看了她一眼，她正看着手机，脸上带着笑容，似乎很甜蜜，意识到我在看她，笑容都来不及收起，问我，怎么了？

没怎么。我的脖子僵直不动，姿势怪异地回答，而她竟似没有看见一般，好像我原来就长这个样子。

镜面的电梯门映出的她看起来颇为轻松，脸上带着笑容，在微信里热烈地讨论着什么，唯一可以确认的是对面不是我。我将目光转到自己身上，我手上贴着创可贴，她也没有发现。

我实在不必可怜兮兮，至少在当下我是可以拥有她的。卑微不在我的考虑范畴。谁不卑微呢？这世界上，你受控于你所求的，不愿承认也得承认。

进屋她先洗手，转瞬出来，顺势坐到了饭桌前。红酒已经倒上，她先喝了一口，像渴望了很久。

我突然想起哈密瓜没切，到开放厨房那里，将瓜洗了洗，一刀下去，汁水四溅，像早上的我，也像一直以来面对她的我。我歪着脑袋，用勺子把瓜籽儿掏出去，再切掉首尾，横一刀，纵五刀，半个瓜变为十块，我将它们盛入盘中，端到楚储面前。

我脖子落枕了，没发现？我问。

早发现了。楚储的视线没有离开手机。

哦。我的回答显得无力。真是自讨没趣。

你手怎么了？她问我，但没看我。

洗烂了一个杯子，用力过猛了。我干笑了两声回答，心里涌起一股暖流。不争气地想，她还是在意我的。

没断就好，楚储说。算是开玩笑，将暖流迅速冻成冰柱。

场面略微尴尬，我只好将自己怎么打喷嚏弄歪了脖子、怎么洗杯子伤到了中指的事情囫囵吞下。这样讲只会显得我滑稽脆弱，何况故事本身也没什么意思。

我变成了我的唐编辑，我自己的指摘者、勘误者、评判者。短视频时代里，你得讲点好玩儿的，但过滤掉废话，逃开真心，我面对楚储竟然无话可说。

我终于变成了我妈，一个鹰一般目光炯炯、饱含爱意看向对方的人。

好在有酒，最适合避重就轻，正话反说，但绕开我真正的问题，这些都将毫无意义。

上午我在机场看见你了。我想说这句，但它一直压在舌下，无法讲出。

饭后，我抱紧她，她的身体微微颤动，耳边有她的鼻息，我咬住她的上唇，慢慢用力，几乎要将她整个儿吞掉。她是美的，充满力量，这比言语更加准确和直接，比任何文字都丰富充沛。我在这一刻分外爱她，但我们之间有堵墙，暂时不管。

我的脖子似乎好了，伤手也不再疼。身体也是一种表达，好在，她都有反馈。

有反馈就是好的。如果她也像平时一样反馈就好了，不那么漠然，不那么心不在焉。

我抱紧她的腰，我要将自己的全部都送给她，毫无保留，一点儿不剩。任她吞掉也好，丢掉也罢，此刻先暂时收下就行。我也要把她的全部拿走，她的呼吸、声响、动作，被人拥抱过的身体、揉捏过的头发，那些我一概不知的所思所想，用来交换……

我是你的，我似乎说了这样的话。可你是我的吗？我问不出来。

一切平息之后，她去洗澡。我知道她又将快速离开，像只饱食后迅速发现新乐趣的野猫。挽留没有用处，也许会让场面变得难堪。我可不想可怜巴巴，即便我现在就是如此。我裸体躺在床上，拿起靠枕盖住自己的脸。

床头柜上的手机在这个时候响了一声，是她的。

我有过几秒钟的迟疑，定睛看着黑暗里亮起的手机，它又响了下，洗手间里传来水声。

我看到几条微信通知，一个叫胜宇的名字，应该是他吧，机场那个。

他说，晚安哦。

他说，月底就回来，一号上午十点，南山滑雪场。

他发来一个笑脸说，看看你的本领。

什么本领？我脖子又疼了起来，手指一跳一跳的，伤口似乎又破开了。

看着手机，像面对着两个拥抱的人。我想迅速逃离，又禁不住再次确认。我已确定自己不是个好作家，此刻竟然无法描述，心里的墙轰然倒下，我无法移动，被压住了。

洗手间的水声停了。我站起身，将浴巾拿过去给楚储，她每次都忘。

楚储正在洗手间里裹着浴巾呼呼地吹头发。我绕到她身后，亲吻她的肩膀。她用吹风机吹我，像拿着一把手枪。确实，她刚已经开过枪了，我心口正汩汩流血，得去冲洗一下。

进淋浴房之前，我丢了句，刚才你有微信。

她似乎很介意，迅速放下吹风机到房间里去了。

果然是很重要。我想。

楼下，我牵着狗送她，如同平时一样，她似乎一刻不愿停留。这让我非常受伤，但我从来没有告诉过她。过多吐露心声对他人是种压迫，思念别人需要得到允许。成年人要学会闭嘴，和人情绪对等，试着轻描淡写。

皮卡在撒尿，她回头看它。她的车到了。

我猛力拽了下皮卡，它被拉歪了身体，几乎尿在身上。狗随主人，它除了长得像我，现在，还和我有同款狼狈。

她上车，跟我摆手，颇为敷衍。然后她说了句，你注意点你的脖子。她笑了下，极浅，眼睛看着我，又似乎我是透明的，看到的是我身后的层层楼宇，无尽夜色。

我点头，对她挥手。

车开走时，她的手机屏幕又亮了。她的脸如同满月，在车后座上升起，还是那种表情，是喜悦甜蜜，还是什么？

不是已经说过晚安了吗？你还有什么可聊的，胜宇？

路灯将我和皮卡的身影拉得狭长，一人一狗望着车离开的方向，颇为怅然。然后我们俩对视了下，齐步转身，回到小区里去。我带着皮卡转了一圈，头上一弯新月。春天迟到了，不见温暖的迹象。

回到家里，我木然坐回桌前，将剩下的半瓶酒喝了，几乎是一饮而尽，对面是楚储的空杯。

醉意袭来的时候，我放松了些，有些疲惫。我在洗手间的镜前，对着自己说话。

要不我们算了吧。

我觉得这样挺没意思的。

我他妈算什么？

我接近怒吼，房间在空响，没人回答我。

她今天来过吗？可被当作证据的是镜中的我颈部靠下，有个血红的、梅花状的吻痕。我拉开洗手间的门出来，门口半坐着皮卡，留着个后背给我，漠然、坚定又忠诚。

狗果然是人类的好朋友。

我倒头睡去，不再思考。

时间永不停歇，从一夜到一夜，从一个空洞到另一个。

7

我不能放下的一切

时代变了，北京变了，
来北京的人也变了。

　　整个晚上，我都在做梦，场面混乱。胜宇的微信定格在我脑中，似乎还被配了声音，拿腔拿调，异常做作，带有挑衅意味。

　　电话响的时候，我意识到我起晚了。皮卡端坐在床侧地上，定睛看着我拿起电话。哥哥问我，你去车站了吗？

　　啊？我回答得有点儿含糊，还没有恢复意识。

　　丁辛辛十一点到。我哥说。

　　哦！我几乎是跳起来，侄女要来，十万火急。

　　家里凌乱不堪。皮卡见我起身，兴奋地跳起，我冲进洗手间前告诉它，我去接个人，你再憋一会儿，一个小时，就一个小时。

　　胡乱洗了把脸，脖子好了些，但还必须得歪着。我抓了顶帽子出门，临行前看了眼镜中的我，除了脖子歪着，我看起来是个平安无事、轻松的年轻人。

　　到车上时，正好十点半。这本该是我的创作时间，现在我不需要了。除了接侄女，今天我无事可做。导航显示到西站三十二分钟，加上我停车、侄女出站，时间应该刚刚好。一切严丝合缝，我的歉意顿消。

启动发动机前，我给楚储发了个早。一切都被我强行拉回原来的轨道，如果车不报警的话。

加油站排了长队，有人在开发票，有人在等着领满额送的大米或毛巾，我什么都不需要，只需要……排队，听前边的顾客纠结要毛巾还是大米，他手都快被自己搓化了，最后决定，要毛巾，后边的人都松了一口气。

加油站看起来五十多岁的大姐跟我说，大哥，您加四百，能送两袋米呢，手机给我，我帮您加会员。我觉得她眼神不大好，连说不用了，但她态度分外热切，何况手机已经被她抢了过去。

五分钟后，我成了隆鑫加油站的会员。我歪着脖子领了两袋米，现在这位大哥看起来相当会做饭。

打开车窗，风略带凉意，翻过车流、环路、绿化带吹向我，让人清醒。三月的月季枝干变得柔软，正迎风摆荡。春天和我侄女，在这一天齐齐都要来了。

微信里一个叫忍者小豹的，发来一个小熊动图，它缓步走着，手臂上举，身形古古怪怪，然后她打来文字说，我到了，这个出站口等你。

后边附了一张出站口的照片，简单干脆。

马上到，路上太堵了。我回。

目前看来，我应该会晚十五分钟，断然不能说是因为店员过于热情，刚在加油站成为会员换大米换的。大都市北京，堵车可以对一切迟到负责。

我侄女丁辛辛，二十二岁，刚刚毕业，无依无靠地前来投奔无依无靠的我，多么荒谬。

她微信名：忍者小豹。

那我是忍者丁本牧，一路忍着，惶惶不安。

到出站口时，这趟车的人走得差不多了。丁辛辛正坐在箱子上刷手机，脸白且小，长头发，身体细瘦，长手长脚，像我们家的人。她晕在一身黑衣里，加上黑色匡威鞋，还背着把吉他，我笑着问，故作轻松，掩盖迟到的愧意。

怎么着，还要假装流浪歌手？

她循声看到我，从箱子上起身，大长腿跨下来毫不费力，接话也挺轻松。她说，只是流浪，不是歌手。

我伸开双臂，抱了抱她。中间隔着她成长的这二十年，几若空若无物，她比我想象中还瘦。

什么时候学的弹吉他？

大学里，还学会了开车呢。

行，技多不压身。

我接过她的箱子，中指翘着。不算重，不像不顾一切要来北京闯荡的样儿。我想起我当年离家，可是带着七个包，零零碎碎，一应俱全。具体有什么一概忘了，但似乎有条内裤，已经洗得很薄，还有个奶锅，被合租的朋友笑话带了全部家当。

看起来决心不大啊，行李这么轻。我说。

北京啥没有啊，都可以买。她回我。

我偷空看她的脸。孩子确实长开了，不再是孩子了。细看还挺漂亮，不是楚储那种略带有侵略性的，丁辛辛眉目干净，看起来顺从，不让人感到戒备。她画了眼线，涂了柚子色眼影，妆化得不错。

我侄女真的长大了。

没叫我呢你。我没话找话。

叫叔儿有点儿怪，再说好久没叫了。她笑了下回应我。

总不能叫丁老师吧？我笑。

那就叫丁老师吧。反正我们这个行业都叫老师。

丁辛辛专业学的文艺编导，当年我极不同意。我刚来北京熬夜剪片子的时候发誓子子孙孙都不能干这行，听说她报考这个专业试图劝阻了下，我嫂子说，说了不听，肯定受你影响。

别怪我啊。一旦成为长辈，我迅速变成了唐编辑，我说短视频时代已经大踏步到来，再搞文艺还做编导，透着不合时宜。没料到她考得很顺利，去了南京广播学院。正所谓世事不遂人愿。

咱们这个行业都快没了。

我说的是实话，电视台早已式微，网络大型综艺正风生水起。偶像每天诞生，经得住不断被挖出黑料、不断塌房又不断填充新的。更何况，野生的大号们迎风生长，说漫山遍野也不为过。魔幻的普通人一夜暴富的故事每天都在发生，梦和现实很难辨别，让人无所适从。

还是叫叔儿吧。

行。她答应，又问，脖子怎么歪了？手怎么了？打架了？

我说我倒是想呢，打不动了。心里想和谁呢？胜宇吗？未必打得过。我心里泛起那张微信的画面，截屏一般。

记忆力真是作弄人，时好时坏，却总是坏事记得牢些。

不过算侄女敏锐，看得到我的异常。如果未来真做编导或者作家，还真得学会观察，说明她细心，会疼人，我暗自欣慰。

我接着说，没事儿，磕磕碰碰，都是日常。你工作找好了？

找好了。你别担心，我就是在你儿这过渡下，找到房子，立刻就搬走。像给我一个承诺，丁辛辛快速说着，然后，她"啪"地拉开一罐什么，不是可乐。

青岛纯生？

怎么还喝酒了？

车上买的，没来得及喝，现在渴了。她咕咚咕咚灌了几口。

我有点儿不适应，侄女丁辛辛竟然长成能喝酒的女人了，还很酷的样子。

北京太热了。丁辛辛说完，拉开宽大的上衣领，露出颀长的脖子，圆领 T 恤领口有点儿大，上边挂着条骷髅项链，随着她的步子微微颤动，这是现在流行的样子，大廓形的衣服，阔腿裤，显得自由。

你不也刚喝过吗？看起来像是宿醉的脸。丁辛辛似乎笑了下。

我现在就长这样。我嘴硬。如果不是年龄这么大，脸应该要红了。终于到了车位。我打开后备厢，帮她把行李放进去。她行李箱上乱七八糟贴满了什么漫画图案，我一个都不认识。她拉开后边车门，将吉他放下。

我坐前边啦。不然搞得你像司机，不大好。丁辛辛说着，拉开副驾驶的门。

我坐进车的时候，副驾驶上的丁辛辛正捧着两袋米，有点儿无所适从。

系上安全带。我说着，赶紧把米接过来，挪到后排，略显羞耻，解释，刚加油送的。

你开始自己做饭了？

对。只是我做的饭，狗都不吃。

皮卡！它好不好？丁辛辛很是惊喜，显然比见我还兴奋。

比我好。回答完，我认真看了她一眼，侄女现在到底是个什么性格？我暗自揣度。

发动车后，我打开我这侧的车窗，怕丁辛辛闻出车里的狗尿味儿。风灌进来，天气似乎真变暖了，但离丁辛辛说的热断然还有点儿距离，年轻人可能更容易热吧。

车驶入百三环，旁边建筑正襟危坐，老态龙钟。丁辛辛打开她那侧车窗，头探出去。

做好准备了吗？我继续没话找话。

什么准备？

来北京的准备。

还行吧。

怎么着，要喊几声"北京我来了"吗？

丁老师，现在我们年轻人都没那么土了。

丁辛辛捏扁啤酒罐，酒已经被她迅速喝完，想来是嫌端着占手。她把窗关上，开始看手机，感觉北京在她那里并不新鲜，不用仔细端详。

行。我吃了瘪，当我没说。

刚才我想告诉丁辛辛我喊过，如今想来颇为丢人，有年代感。画面是我拎着七个包下大巴，终于坐在出租车上，正按捺不住兴奋。那时也是刚刚过完新年，一切都像新的，像新发下来的课本。我摇下车窗大喊：北京，我来了！司机坏笑。那时候北京司机多贫多热情，像陪客人聊天被写进了职业规范。他笑说，您来不来，北京才不在乎呢。

是啊。谁在乎呢。而今司机和专车都沉默，不再按喇叭，这是好的，但只说必须的规范的话，透着虚假和功利，类似喉中低语。

我手机响了下。来微信的是我哥，他问，接到了吗？

我抽空回，接到了。

我看侄女，她没有看我。前边车猛地停了，我赶紧刹车，下意识拦了侄女一下，大米从后排座位上排队滚下。

侄女吓了一跳，猛地睁开眼睛。

对不起。我下意识道歉，这不像我的脾气。

手机又响，是楚储回了个"早"。

这让我心中巨石落地。人到中年，无事发生就是好事发生。我偷眼看了下丁辛辛，怕她看到什么。

不看手机了。我近乎自言自语，像专车司机。

车里温度合适吗？这句更像，侄女没理我，我调了下空调。

路上不怎么堵，我到紫竹桥右转，去往二环方向，盘桥下去。当年我住这里的时候，这条路我走了无数遍。人到了年龄，容易触景生情。

那边，是我刚来北京的第一个房子，塔楼，十四层，北京地名怪，叫小西天。我说。

那时候我跟你差不多大，真不怕熬啊，我们那楼晚上十二点到六点停电梯。每天加完班回去，就得爬楼。十四层，到第八层的时候人最绝望……有时候索性不回，就坐在楼下吃早点，等电梯开。凌晨五点，包子摊的包子还没熟……印象最深，早上太阳刚刚爬过楼顶，晕红色的光照在蒸屉的热气上……

丁辛辛没应声，我看过去，发现她歪头睡去了。阳光打在她的脸上，有细细的绒毛。

这么不兴奋的吗？

唐编辑说得对，时代变了，北京变了，来北京的人也变了。

我把窗户关上，音乐调得低些。

身高一米七三的侄女，没有睁眼，状如慈禧，说，别关，放着吧。

行。目前是中年司机丁本牧的我歪着头应了一声，中指翘起，转动方向盘，拐入北三环。家越来越近，我拉着两袋米、一个侄女，同车的还有我莫测的前程，以及即将和侄女同住的十万火急的现实。

丁辛辛，中午你想吃什么？丁辛辛？

都可以。丁辛辛的回答透着无所谓，不仅吃什么无所谓，连吃不吃也无所谓。

这一代人，没饿过，也永远不饿。

快到家时我彻底明白过来了，不能让丁辛辛这么嚣张，到我的地盘，得听我的。

这句又土了是不是？

8

我不能放下的一切

人和人越不在一个世界，
越容易吐露心声。

电梯里，丁辛辛有点儿没醒全，手缩在袖子里，蔫头耷脑，对自己的新家也没什么兴奋之感。我怀里抱着米，手提箱在我左手边，显得含辛茹苦，状如父亲。

电梯得刷卡，我们只能刷自己的楼层，所以出门记得带上这张卡。门是密码的，我的出生年份，你爸的生日，好记。卡给你一张。我说完，将准备好的门卡给她。

和奶奶那边的密码一样。丁辛辛接过去，顺便回答。

是，两边都是我设定的。我说。想着我确实只干这些创意类的活儿，符合人设。

这样我回到哪儿，都像回家。说完这句，我心中竟漾出一股心酸，莫名其妙。

门打开时，皮卡冲出来跳起，状如一发白色炮弹，在我俩面前不断弹起。丁辛辛一下子活过来，蹲下身去揉皮卡的头，两人，哦，不，一人一狗貌似久别重逢，分外热烈。

换鞋！我说。

急于脱鞋，丁辛辛索性坐在地上，皮卡则在她身侧马一般来回跳跃。

人来疯！我这边骂狗，那边对着丁辛辛说，别坐地上啊。

她显然不在意，已经把鞋脱下，嘴里说着，费劲。她和皮卡在门垫上头顶着头，皮卡喉中发出呼呼的声音，和她似乎一点儿都不陌生。

这两位到底是智商相近还是怎么着？

我转身到鞋柜里给丁辛辛找鞋，粉色的那双是楚储专用，别人碰不得．我找出一双棕色的，递给丁辛辛。

丁辛辛小声嘀咕，我想穿那双粉的……

那双不是你的……

那是谁的？她笑着问。

客随主便。我关上鞋柜，有点儿面红耳赤。

好在丁辛辛也不执着，换上略大的拖鞋，单脚跳来跳去，皮卡应声而起，闹作一团。

不要乱，我脑袋要炸了，喊了声，皮卡！

丁辛辛"哦"了一声，显然觉得我无趣，跟皮卡说，不闹不闹，进屋进屋。准备拖着箱子就往屋里走。

等下！他们被我喝止住了。

下一幕，拉开鞋柜上层抽屉，我掏出几张酒精湿巾，把丁辛辛的箱子上上下下擦了一遍。

半跪着的中年男子，顶着一张宿醉脸，吭哧吭哧地擦箱子，温馨指数十颗星，满分。

门前安静下来，我看过去，狗和侄女都歪着脑袋仔细看着我。

叔儿，至于吗？丁辛辛作为侄女叫了我第一声叔，不幸的是它被作为感叹号使用了。

至于，多脏啊，尤其这儿。行李箱已被我放倒，我擦箱子轮子，它被我拨得籁籁空转，发出声响。

行了。你先进去坐，我上来跟你讲啊。

讲什么？

讲……你啥也别动，等我回来再说。

来不及细说，我赶紧带着皮卡下去，毕竟它还没尿尿。侄女大概不能理解，我的生活就是这样的，基本不会停下。

再回到房间的十分钟里，我都在洗手台和餐桌前穿梭。洗杯子，擦桌子，用纸巾将杯子擦干，对着阳光看杯壁的时候，我有点儿洁癖并且很事儿的人设已经建立得非常成功。伤手沾了水，但现在已经无所谓了，反正总会好的。

丁辛辛拽着箱子回到自己房间，我说别拽着，最好拎起来，地板房东很在意，我没事儿，不是我的问题，要不我来帮你吧。

丁辛辛说着不用，自己将箱子拎起，肩膀耸着，身体倾斜。看她有点儿吃力，我赶紧用毛巾擦干手，歪着脑袋走过去。只听见她已经把箱子打开了，"啪"的一声摊开在地板上。我正心疼地板时，她已经一个"大"字将自己摔在床上，皮卡跟着跳上床，过去亲她的脸，她咯咯笑着，挠皮卡的下巴，皮卡更加兴奋，在床上跳来跳去，发出呜咽之声。

我的世界狗都不像狗了，这非常不妥。

皮卡，你下来！我站在门口，试图喝止住它。我调整语气，尽量温和地跟丁辛辛说，外边的衣服最好别上床……

皮卡"吱咛"一声，乖乖跳下来，委屈地看着我，又转头冲着侄女呼呼哈着气，蹲坐下来。

皮卡也不能上床啊。我在门口跟丁辛辛说。

叔儿，你忙你的，别管我，我立刻换睡衣。丁辛辛坐起身，颇为无奈。你不忙吗？

我忙啊。我得想着你中午吃什么，来不及做了，我订个餐吧。

好。

我被丁辛辛关在了门外，想来她会觉得我龟毛，但毕竟这是我家，我宽慰自己。房间内音乐声响起，她应该是带了个小音箱，唱的什么东西，这么燥。

手机里弹出是否和忍者小豹共享 WiFi 密码，我只能点"允许"。

在我允许她来之后，我必须得持续允许很多事情吧。顺手点完餐，我在客厅里坐着，想了下这个房子的未来场景，感觉呼吸不畅，拥挤不堪。阳光照进来，打亮了半个茶几，上边一层浮尘，有两个杯子的痕迹，昨天和我坐在这里的是楚储，现在是我和我的影子。

我起身洗了抹布，将茶几擦了一遍。我妈说过，家务是永远干不完的。现在我特别理解她，包括她为什么会在沙发上坐得好好的，然后突然站起。下一秒，我已经拉响了吸尘器，开始呼呼地吸地。阳光很好，照得人身体发烫。我如此勤劳善良、情绪稳定、安排得当，配得上"美德"二字。

餐送来的时候，侄女钻进洗手间，我打开外卖袋子叫了她三遍，早干吗了呢？我把餐盒去掉，菜盛到盘子里，忍住要说的话，避免显得过于啰唆。她第一天来，我不能太过分。

丁辛辛出来时终于换上了一套灰色小熊睡衣，头发用发卡别起，露出额头，一张脸更为秀气素净。

侄女手机响了，她接电话说，对，我下午可以去看，一共有几套？好的好的。

待她放下电话，我问，怎么了？你还约了看房子啊？

她说，本来也是我爸非让我住你这儿的，我其实怕打扰你。

不会的……你踏实住着。我挤出这句，说假话我并不擅长，但我能说。

事实上，侄女到来的一个小时里，我已经感到窒息，而一旦转换视角代入她来看，这样一个歪着脖子叽叽歪歪的中年男人应该也不会让她觉得舒畅。只是不知道，她约着看房子到底是临时决定还是提前安排。

怕皮卡打扰我们吃饭，我按照惯例将它拴在了门口，它放弃了争取，已经躺下，只将脸尽力向我们这边望过来，似乎要目睹这场餐桌上的尴尬。

我想再补一句热情的话已来不及，只好说，北京房子现在太贵了，动辄五千以上，你一个人，没有必要。

但我也没法儿说出，我这个人，事儿是事儿点，但是不坏，你可以忍忍。那就有点儿此地无银三百两了。

她似乎打定了主意，不再说话。

我下午出去趟，晚上你自己点餐吃饭，地址我发给你了，不要乱给别人开门，最好是让他们放门口，再自己出去拿，我说。

我是怎么了，一跟侄女说话就变得啰哩啰唆。

好的。

密码记住了吧？

记住了。

饭吃完了，她说，我来洗碗吧。

不用，你不知道怎么洗、放哪里。还是我来。我断然拒绝。

侄女放开手，转身准备回房间，问我，皮卡可以解开了吗？

不可以，等我收拾完了再说，你别管了。

她揉了揉皮卡的头，对它表示同情，隐隐叹了口气，然后回房间，关上了自己的房门。

这是我家，我说什么应该都是对的，我想着，为什么现在有一种什么都有问题的感觉？

丁辛辛房间内传来吉他声，歪歪扭扭，颤颤巍巍，不成曲调，听起来当然是初学者，手指相当僵硬，哆来咪发该是都摸不准确。但她意志相当坚定，不断挑战曲子的第一句，像发起笨拙的攻击，主要是针对我的耳朵。

这算会弹吉他？我眉头紧皱，想起丁辛辛背着吉他回答我时的样子。

我把水龙头开大，让水声保护自己的耳朵，强行认真洗碗。最后还是禁不住，对着那门内喊了一声，声音尽量柔和，丁辛辛，咱们下午再练，怕邻居午睡，打扰别人。

吉他又坚持了一句，再乱弹了几下，算是抗议，也算是回答。声音就此止息，再也不响。我不争气，内心后悔了一下。

洗完碗一切收拾停当，放开皮卡。我到洗手间洗脸，看着镜中的自己三令五申，你事儿给我少一点儿！

准备午睡的时候，我哥发来了微信，语气故作轻松：一切OK吗？

我回：非常 OK。

胡乱睡了个午觉，醒了去厕所，发现门锁着，本来应该在门前等我的皮卡正聚精会神在这里蹲坐，像守候着什么人。

还能是谁，必然是新来的丁辛辛。

皮卡被我抓了现行，低头不敢跟我对视，显得非常不好意思。

丁辛辛被我敲出来的时候正用大齿梳不断梳着自己的头发，上边全是染发膏，肩上裹着浴巾，洗手台上有拆开的份装膏剂，我拿起来看了色号，嚯，叫作赤红。

这么快就要做回自己了？去完洗手间，我问门口等着的丁辛辛。她笑着闪回洗手间，说，叔儿，你快去忙你的。

是谁规定成年人必须要忙的？但我确实得有个忙碌的样子。赶紧转身出门，我准备去雷悟家躲一会儿，眼不见为净，避免我唠叨，丁辛辛也能轻松自在些。

下午四点，换完猫砂，我百无聊赖，正在雷悟家和他的猫滴滴玩深情对视。我更加确定猫应该都是高傲的神经病，当然，被我控制住上肢的它应该也这样看待人类吧。

我半躺着，看阳光用一条斜线将窗帘切成明暗两色，亮色里有微尘涌动，竟有岁月静好的感觉。这世界其实只有时间没有情绪，永恒公平，马不停蹄，一往无前，人类总在庸人自扰。

门突然被打开，我和开门的人和猫都被吓了一跳，这倒是符合雷悟的做派，他忘了取消每周定期来打扫的保洁预约。

我本不想写这段，但被崔姨按住没走成，我没有机会逃出家门。

保洁崔姨长着一张利落能干、心无旁骛的妈妈脸，让人觉得亲切。缺点是说话密不透风，东北人，硬让我叫她崔姨就好，我当然没叫。

进屋这一会儿，我已经被她问出我跟雷悟是好朋友，两人认识多年，雷悟的猫叫滴滴是因为原来在办公室里是共享养着的，后来公司大了，没法儿养了，才被雷悟收养回来的。她说可不就是，这孩子看着就善良，跟她儿子似的。她儿子马上读高二了，自己其实可以不干这个，但想着这么多客户都无依无靠怪可怜的。她说这叫移情，是另外一个学心理学的客户告诉她的，那姑娘个儿老高了，也单身，你们怎么这么爱单身。得知我脖子歪是打喷嚏打的，她说那你得注意，多锻炼，你们单身没人照应更需要身体好。

我说对对对，那您先忙，雷悟出去拍戏了，说是短则两周，长则一个月，猫归我管，会隔天就来看看，保洁的事儿如果雷悟没取消，就照常吧。

说到这里应该算告一段落了，我放下手里滚猫毛的滚子，准备溜。

洗衣机的门一关，崔姨还动情了起来，说，太好了，他有戏拍就好，好过在鬼屋里赚钱。

什么鬼屋？我问。

每周六日，在三里屯的那个大厦，说那大厦快倒闭了，开啥都不行，就开密室逃脱可以。雷悟每周去两天。洗衣机里哗哗洗着东西，崔姨已经在客厅拖地，手脚不停。

我有点儿难过，想起年后雷悟非拉我去体验密室逃脱，还是恐怖主题，出来就说那些 NPC（非玩者角色）演得不好，没有灵魂。我说它们不是鬼吗，要什么灵魂？他说鬼也应该有人物小传的，我说不疯魔不成活，希望你成啊。

他回去时，专门去留了老板电话，原来是这个用意。

你说你们这些孩子，奋斗奋斗，到底什么时候是个头儿啊。崔姨问我，但并不妄图在我这里寻求答案，的确，她应该去问天问大地。

从门口柜子上拿上车钥匙，我说，崔姨，我下去给雷悟把车开一开，不然老放着，对发动机不好，我就不回来了，您忙完把门关好就行。

崔姨说好，有好朋友真是好，不孤单，但这不解决根本问题啊，小丁，你结婚没有？

小丁假装没听见，赶紧关上了门，鞋都没穿好，就跑去按电梯。

我在车里坐了好一会儿，情绪才稍微好了点，也不是难过，只是莫名仓皇。后来我想给雷悟打个电话，几乎要拨通时，还是挂断了。

我妈说我这个人过于善良，具体细节并没提及，我当然知道她说我善良不是夸奖，是怕我吃亏，她对我的"善良"还有待人接物充满担心，但至于如何精明，她自己也不大会，更别提言传身教。三十岁前我总是观察总结自己，发现我善于自我批评，常对他人抱有歉意，典型的讨好型人格，我认定这不是善良，是毛病，得改。

应该是改大劲儿了，现在人倒不至于冷漠，但会觉得别人不求助擅自施以援手是种冒犯，人家没哭就递过去纸巾这种的不叫情商高，叫不懂事儿。

我在车里枯坐，一方面对自己关于雷悟生活的失察感到抱歉；另一方面又觉得气愤，雷悟没说的，我当然可以不知道，即便他是我最好的朋友，即便他都能跟保洁阿姨说。我也能理解，我和楚储的事儿，说起来也只有我的健身教练知道。

人和人的距离是个很玄妙的东西，越不在一个世界，越容易吐露心声。

我负气按了五下玻璃水，准备好好洗洗雷悟的前风挡玻璃，可惜土太大了，雨刷一刮立刻糊成一片，再按，玻璃水没了。

雷悟的车跟他人一样会耍赖。

四环上，车似乎都早已习惯这样的晚高峰，恍若进入巨大的传送带，急躁都藏在车腹之中，没有声响。太阳焦黄，正在下坠，攒出三分之一天空的晚霞，明天该是个好天气。导航显示最近的洗车店要过一个高架桥，主路辅路一样拥挤，没有可喘息之处。我在车中已没有了情绪，不憋尿的状态下，堵车可以忍受。唯一令人痛苦的是，选来选去，最堵的似乎总是自己正在走的这条。

洗车店不大，店员正在收摊儿。我来的不是时候，他显得不大高兴。我说洗完再帮忙加个玻璃水吧，他更加生气，应该不是自己的生意。高压水枪冲向车身，污泥浊水四处流泻，我跳开，灵活机敏，不像个中年人。服务业在北京基本没有，可以不用要求，顾客要时刻放低姿态，学会海涵。

说来也怪，人对那些冷脸的服务业者竟总是要谄媚一些，对过于热情的又难免变得嫌弃。

谈恋爱和服务业异曲同工吗？我回答不了。

洗完车，看电话错过了三通，均来自何美。我心中更惦记着丁辛辛吃没吃饭，又怕自己过于关切，让她觉得啰唆。先发了微信给她，问吃了吗？她回，还不饿，一会儿订。我想说吃饭要准时，觉得多余了，把打好的字又一个个地删掉。

这时候何美的第四通电话打来，她声音急切地问你在哪里，还记得今天要一起吃饭吗？我和老程正在打玻尿酸，她出了医疗事故，鼻子已经肿成了牛魔王，你快来协助我维权，那边老程抢过电话来说你别听她胡说八道，晚餐我们定何美家了，你有空就来。

我为了不回家和丁辛辛共处一室，赶紧说好。然后把雷悟的车停回原位。

何美新买的公寓里，我对面两个女人都笑得有点儿不好意思，脸上人均针眼儿四十个，全脸除皱，从眉心到额头再到下颌缘，价格一万二，玻尿酸似乎已经在发挥作用，让她们不敢大笑。

老程山根部分确实有点儿打得过大，不知道算不算医疗事故。何美说话一向夸张，切苹果割到手指，也会被她形容为血流成河。老程则是固态的、稳定的、金属一般的，说话办事准确利落，让人踏实。

纠结之后，何美还是开了瓶酒，说是为了陪我。老程则意志坚定地严格遵守医嘱，认为酒会影响玻尿酸的药效，不能白花钱。何美说你本来就打多了，应该用酒抵充一下。何美儿子被保姆带到小屋睡觉，我们压低声音说笑，废话连篇，似乎回到刚来北京在同一个公司当编导时的样子，那时候也这样开心，还不月酒精帮助。

刚进屋的时候，我被何美敷衍地带着在房子里转了一圈，说自己家转角的窗口一隅可以看见浮华的国贸三期，算是个突出卖点。

家具都是名牌，显示她曾经想拥有什么样的生活。但用品少，冷清节制，类似酒店，要不是散落着一些小孩儿玩具，普通家庭生活的痕迹几乎没有。

好在还有书架，书名更像是她经历的呈现，显示她爱过什么、对什么有过觊觎，最终都被整齐存放了，都可按下不表。

竟然还有这本？还有这么多！我自己一本都没有。书架前，我兴奋地发现了我的第一本书，现在已经绝版了，我自己确实没有留。

当时买了五十本，送不出去，现在还剩十本。何美揶揄我。

那我拿走一本，当个纪念。我说。

何美家的树顶到了天花板，显得树太高，房间层高又太低，我拿把凳子上去把树尖折了，终于让客厅不那么憋胀。老程高度赞扬，说，视觉上，终于舒服了，这事儿还得男的干。

别提男人，何美端着酒杯骂，说不爱这个房，也不再像之前爱那些包，不爱国贸三期，更不再爱什么人了。我只当她说的是醉话，应激反应，夸大其词。人心不会停下，永远如那棵树般向上探寻，遗憾的是天花板总是在的，现实的、虚拟的都在。

席间交换的信息还包括，老程的儿子正在私立转公立，避免未来无法高考。何美的新公司将要落户上海，做新的生意，算是从零开始。我没什么可说的，只好讲了讲自己怎么打喷嚏弄歪了脖子、洗杯子割伤了手，虽然很蠢，但被我讲得妙趣横生。为更翔实，我又补充说了下新小说的选题，恍然觉得自己在面对两个唐编辑。

不用道具，没有场地，再不用 KTV 辅助社交的年纪，我们出口成章，脱口就是秀。

有个房子好啊，我喝完最后一杯说，歌里唱了，用美好青春换一个老伴，这不对，在北京，是换一个老板，或者换一个楼盘。

然后我说我该走了，没说侄女在我家住着，只说要回去遛狗。我继续用自己开玩笑，用自己最好，不会误伤他人。我说我和皮卡都快到憋不住尿的岁数了。

何美知道我的脾气，不再劝我，站起来时摇摇晃晃，老程和她到门口还是抱了我下。何美带着浓烈香气，酒都压不住，我歪着身子认真地拍了拍她的后背。她说，你他妈永远都有借口，不是你要写的小说，就是你的狗。她又说，你瘦了。

我感激地回她，你厚了。

她说，滚，拿上你的书。书被她扔过来，被我灵活地接住。我还是瘦的，永远年轻，永远浑蛋，永远别别扭扭，永远气得她热泪盈眶。

老程在她身后说，等着看你新小说啊。我说好。老程说的不是客套话，她是真看。她其实中文系毕业，写得很好，可惜从来不写。只有我半路出家，一本又一本，励精图治，恬不知耻。

沿着三环回家，一路通畅，我应该有酒气，司机不敢多言。三环永不眠，人在不断变老，只有北京永存。抒情的时间总是过短，回忆来不及展开，伤感已被春风吹散，我此刻什么都不缺，烦恼挥发到夜色之中，楚储也似乎没那么重要了。

老朋友的珍贵在于，你强烈感受到被爱着，被需要着，你不用是谁，不用拥有什么，单是你作为你活着、存在、喘着气，他们就会如同初识般爱你，并将延续一生，没有成本，不用猜忌，这真让人愉快。

比爱情愉快。

我刷开小区门进去，一株丁香开了，香气绵延，风变得柔和，一切暂时美好——如果不是有猫惨叫着冲出来的话——它显然是被什么追了，正在逃命，身后跟着一枚白色炮弹，仔细一看，竟是皮卡。

肯定是太久没撒欢儿了，没戴项圈的皮卡赤身裸体，状如痴汉，追猫是本能，更是消遣，它哈哈地吐着红舌头，风把脸都吹歪了。

皮卡！我喊它，它条件反射想停下身体恢复端庄，无奈身体太重，险些窜进灌木丛里，又抑制不住兴奋，一时没法儿理性，双脚一跳，掉转方向，直冲我而来。

到离我面前一米时，皮卡双脚离地，再重重蹬在我的大腿上。不负此行，这两天小区物业正在给绿地浇水，这点泥水全然没有浪费，现在都在我裤子上，呈梅花状，碗底大小，它想再跃起，脖子被我粗暴地用手一把按住。

身后吭吭跑过来两条长腿，上身穿白色宽大毛衣，下边竟然只配了一条短裤，还是匡威鞋，能是谁呢，只能是我的亲侄女丁辛辛。

月光下，她的头发已经变成了红色，看到了我，略显不好意思，先叫了皮卡，再被迫叫了一声叔儿。

绳子给我！我怒吼，没什么好气，把书几乎是扔给丁辛辛。自己蹲下来，把皮卡拴上，项圈加持之后，它终于归顺，不再赤身裸体。

你腿不冷吗？丁辛辛！

我有心理阴影，皮卡是刚毛猎狐梗，生性乐观开朗，缺点是比较好斗。小时候去狗公园经常和其他狗对战，金毛、拉布拉多不是它对手，它逮谁咬谁，失去了去狗公园的资格，只好每周一次云宠物店洗澡当作放风，又在那里被封为战神，需要独自看管。

一次在电梯门口和下楼的邻居家泰迪相遇，差点儿把对方耳朵咬掉，我赔钱带着那狗去治疗倒是小事，被迫多认识了一个邻居，还必须加上微信才是最大的痛苦。日后我就更不敢掉以轻心，偶遇别人的狗，都先隔老远拉紧皮卡，再表明态度：我家狗有点儿凶。

当然，还有很多人天生怕狗，看见带毛的就浑身颤抖，连声尖叫，虽然不理解，但我必须得尊重。所以我去遛狗都牵着绳子，避免它和人和狗接触，当然，这样也导致它更容易激动，显得少见多怪。

它对人极好，对狗相当跋扈，所以必须得拴绳儿。我这是怎么了，还要跟侄女解释？

电梯里，丁辛辛站我身后，默不作声。

太脏了。我看到皮卡身上的泥巴，内心为自己刚才的怒吼感到抱歉。这狗应该是在草地里打了滚儿。

丁辛辛低头翻书，红头发从两侧盖住了脸，说，刚才它老在我旁边转，我怕它憋着，就带它下来了。

它装的。我想起写作时皮卡突然脉脉含情看我的画面，对侄女说，它看着忠厚，实际非常狡诈。你晚上吃了啥？

它是狗，需要跑。而且我们发现小区里有个小公园，皮卡特别喜欢。丁辛辛低声说，应该是知道我缓和了，她蹲下，揉皮卡的头。

小公园？我都在这里住了三年了，怎么不知道？我心里纳闷儿。

哦。我知道。我嘴真硬。我还知道我要处理皮卡这一身泥，我脖子歪着，手伤未愈。

进屋先用湿纸巾简单给它擦了擦，奈何越擦越脏，只好拉到淋浴间冲洗，这时我酒醒了八分，刚才的美好早已如潮水般褪尽。我现在是下午冲洗雷悟车子的小哥，同样带着怒气，毫不爱岗敬业。洗完，再用吹风机把它吹干。

人类真是荒谬，喜欢把东西弄湿再弄干，谓之清洁，爱另一个人之后恨他，谓之爱情。

皮卡不明所以，双眼紧闭，很是享受。

一放开它，它便飞快蹿走，这个晚上，它又跑又跳，又泥里打滚儿，又追猫，老夫聊发少年狂，现在则在屋里玩起折返跑，看丁辛辛在沙发上看书，直接蹿上去，丁辛辛咯咯笑着，以应对它的热情。

下来！我试图喝止它，我的狗疯了，我也疯了。

丁辛辛说，它是狗，你怎么搞得跟军训似的？

它是我室友。我强调，手没闲着，去拿吸尘器，把门口的鞋子收入柜内，再把地垫上的泥巴一一吸掉。

我回屋，放下吸尘器，充上电。这家里，一切都要有电。再给皮卡拌狗粮，两大勺干粮，半勺牛肉粒，去冰箱取出罐头，切出五分之一，细细拌匀，净水器接水，满满一盆，过程显得非常有爱。

放下食盆，我人立刻变得冷若冰霜。皮卡过来，蹲坐着等，不可轻举妄动，得等我一切放好了，说，吃吧，它才上前，埋头干饭。

现在侄女一定看出来了吧，我才是家里的老大、暴君、大臣、主管、服务员、列车时刻表、大型生物钟。我设定我，管理我，服从我，也受累于我，并不乐在其中，但必须以此为准。

我接着跟丁辛辛说话，像话没落地，中间没隔着那段沉默。我说，何止是皮卡，我也在军训我自己。这看起来毫无意义，实际也毫无意义，但对我好像就是意义。虽然要求自己收敛克制，借着所剩无几的酒意，我还是说了如下的话，边展示边走到家里各处，像个导游。

丁辛辛，你既然来住了，我也就跟你说说吧。

别嫌我事儿多。

皮卡每天吃两次，饭不能多喂，免得变胖，胖是一切身体不好的根源，和人一样。

我自己来遛它，每天三次，偶尔两次，你不用管了，它小时候我老出差，亏欠它，现在我都还给它，但它也不能太嚣张，狗就是狗。

除了自己的房间，其他任何区域的任何东西尽量不要乱动，动了一定要放回原位。

任何抽屉和柜子未经允许就不要打开了，你房间的除外。

不要随便给植物浇水，它们有自己的时间表，现在是每周三上午九点半。

客厅的这些灯我设定了程序，进门有两个按钮管着六个灯，这里和这里，各按一下就可以，这边有旋钮，可以调节亮度，底下的按钮可以调节颜色。

淋浴房架子我刚腾出来一格，你的东西都放那一格，不要用我的东西。

浴巾给你两条，蓝色擦头和脸，白色擦身体，随便你。

洗完澡洗手间的水渍要擦干，防止滑倒；毛巾最好直接洗了晾好。

冰箱……我明天给你腾出一格来。

别的暂时没什么了，等我想起来再说，明白了吗？

明白了，我马上找房子。丁辛辛看我展示完，像是开玩笑，又像是说真的，站起身来。我注意到，她脚踝处竟然有个文身。那是什么图案，是玫瑰还是什么？

我说，我可没有赶你走的意思，你一定要明白。

明白。丁辛辛说，叔儿，我有个问题，你写这本书的时候是这样吗？丁辛辛把书扣在茶几上。

我愣住了，没有答案，那时候我是这样的吗？

目前看来，这本书挺好看的。丁辛辛说。

我竟有几分感激。

红头发的丁辛辛起身回屋，她说，叔儿，你知道你这样会很累的。

客厅里的我，回了一句废话：我也拿自己没办法。

然后我又喊，皮卡，别跟着！

正跟着丁辛辛脚步的皮卡只好停下来，回头确认我的真实态度。

我的侄女丁辛辛来我家了。我很难说我不爱她，我也很难说我爱她。以"我的"为前缀的一切情感都很复杂，既是责任，也是负担。

其实我刚才有句话一直压在心头没说，怕伤她的自尊心，那就是——吉他，咱就尽量别练了。

春天的时候，丁辛辛像个问号，住进了我家，我甚至都没有来得及欢迎她，哪怕说些漂亮体面的话，这让我很是不安。

我坐在客厅的茶几上发呆，把丁辛辛靠乱的靠枕整理了一下，然后，我将扣着的书合起来，摆好。

那时候我是这样的吗？

到了睡觉的时间，我刚才应该是忘了跟丁辛辛说我内心有个熄灯号。快睡着的时候，侄女在卧室门口轻轻敲了敲门，窸窸窣窣地叫我，叔儿。

我问怎么了时，皮卡已经一跃而起，机警地跳到卧室门口。

我打开门，红发的丁辛辛在门口站着，穿着睡衣，有点儿不好意思，她说，我起来上厕所，看书房沙发上好像坐着个人，有点儿害怕。

看来她是真的害怕了，不然断然不会叫我。

害怕什么？我带着她和皮卡到客房隔壁的书房，那本是狭小的一间，除了书柜，只有个小沙发，我有时会在那里看漫画。

按亮灯，我尽量面无表情，说，那是我摆好的明天我要穿的衣服。

窗户朝北，没有窗帘，户外的微光照进来，衣服分上下身摊在沙发上，确实很像个人，确切地说，就是明天的我，有帽子，还有洗好的内裤和袜子。

丁辛辛又窘又恼火地说，你真是的！吓死人了！

避免第二天出门的时候还要纠结穿什么。我一字一句跟侄女介绍说。

她显然不想听了，叫了声皮卡，说，那皮卡跟我睡吧，保护我，不然我害怕。

我说，看它愿意不愿意吧。

话音未落，皮卡已经跟在侄女脚边，甚至比她还快一点儿，钻到她屋里去了。

叛徒。

狗并不忠诚。

9

我不能放下的一切

忙是托词，托住一切。

　　这天晚上，我睡得很好，或许是侄女的到来让我神经紧张，以至于过于疲惫，或许是睡前一直看自己之前的书，那些文字熟悉又陌生，让我不得不回忆丁辛辛的问题，那个时候的我是怎样的。当时又是在什么心境下才写下了那些。

　　我甚至忘了给楚储发"晚安"。她倒是记得。早上，我看着手机里的晚安，有点儿感动。我在第一本书里写，人一旦放松，世界就开始不断给他想要的东西。

　　只是这些我写过的都被我忘了，看来人不会记得教训，所谓经验之谈只是为了消除怒气，自我开解，好了伤疤忘了疼，忘记可以算是人类的优良品质。

　　拿起手机时，是早上八点三十八分，两分钟后，闹钟要响。

　　我给楚储回了个"晚安"，又赶紧发了个"早"，又说，侄女来了，昨天忙乱，忘了发晚安。大家要珍惜那些解释为什么收到不回的人，这是一种温柔，说明他们在意你。

　　想起她和胜宇的微信，我心中掠过一丝阴影。距离他们的约定还有多半个月，她是怎么回复的？会准时赴约吗？她昨天没有收到我的"晚安",是不是会觉得有哪怕一丁点儿的异常?尤其像我这样规律、准时、刻板的人。

他月底回来,四月一号,和楚储约了上午十点,在南山滑雪场。

闹钟还是响了。

我起来时觉得脖子好了些,手伤似乎也无大碍。穿好衣服到客厅,皮卡不见踪迹。侄女的房门虚掩着,我看到书房里正襟危坐的"自己",想起昨晚哑然失笑,丁辛辛害怕的样子让我觉得真实可亲,而她的求助又暴露了她必须也只能服从我作为叔叔或者房间主人的身份,在她来的第一天,这信号至关重要。

我拿起狗绳,晃了晃,发出声响,皮卡平时听到后会立刻弹起,今天全然没有反应。我到侄女门口,低声喊它,看见它正在小熊睡衣旁酣然大睡,呼吸缓慢悠长,像回到母亲身边。

我几乎脱口喊出"不能上床"这句话,又怕侄女觉得自己过于龟毛,硬生生将话吞下。人急得在客厅转圈儿,默念"侄女房间里的事儿不归我管"。好在此时侄女翻了个身,皮卡被弄醒,抬起头来,看到客厅里拿狗绳的我,再看看沉睡的侄女,权衡了两秒,不情愿地跳下床来,像要去幼儿园的小朋友一般,磨磨蹭蹭地夹着尾巴走向我。

我将它拴住,说,你看看你,脸都睡歪了。

它左脸颊的毛已经完全贴在脸上,可见睡得很好,床当然比较舒服。见我没有发火,它螺旋桨一般抖动自己,尾巴迅速恢复常态，冲向天空，来回摇动，狗就是狗。

似乎一夜之间，楼下的玉兰蹦出花骨朵儿，行道树蹿出绿意，春天在四下潜伏，风变得柔和。皮卡前边带路，不时尿一下，我走走停停，心情似乎变得轻松。

这世界再乱，花啊草啊总不为所动，按照自己的节律生长。再过几天，玉兰就要开花，夜里像小的节能灯泡，半周不到便能裂成更大朵的，花骨朵如瓷般洁白透亮，随后骤然变黄，啪啪坠地，绝不因人们爱它、赞美它就过多停留，一点儿都不恋台。

这么看来，每个人都应该当树，自顾自地长自己的就好。

我想起早餐，就下单买了，但确实是想不起侄女爱吃什么，只好买了两份豆腐脑和油条套餐。

每天，我和皮卡沿小区早、中、晚走三次，有固定路线，每次耗时十分钟。今天到小区深处该往回走时，皮卡却突然发力，我拗不过它，只好跟上。眼前高树下有个栅栏门，之前都是锁的，今天竟然虚掩着，或者是园丁忘了关，可以看到里边儿童活动区的摇摇椅和塑胶跑道，我不感兴趣，之前从来没去过。

皮卡呼呼地低头向前，要冲进门内去。

进去后豁然开朗，原来除了可透过栅栏看到的儿童活动场，右边别有洞天。高大的松柏之下竟然有座小山，或者叫大土包更为贴切，但被园林工人精心修饰了，铺出石径，绕山而上，三层楼高，上边还有个小的凉亭，可供人闲坐，加上原有的树木、绿地，竟平添几分遗世独立之感。

昨天侄女说的小公园应该就是这里，月光下应该另有意蕴吧。

我坐在花园的长椅上，索性放开皮卡，任它窜上小山，又沿着小径俯冲下来，如此来回，再到塑胶跑道上和两只喜鹊跳来跳去。它将身体伏地，猫一般静卧，喜鹊毫不畏惧，乐得戏耍它。院子里极静，树丛里有鸟鸣，但什么也看不到，阳光照得人后背发烫。皮卡玩得腻了，过来踩我一下，果然欢乐总有代价——它又沾上了泥巴。

和皮卡进屋时，我需要掩饰住兴奋，必然不能让丁辛辛知道我拜她所赐才得以发现了新大陆，这显得我没有生活情趣。幸亏皮卡不会说话，不然它肯定和盘托出——丁本牧，你叔叔，就是个顶无聊的人。

不知道她醒没醒，我只好轻手轻脚。直到看见餐桌上贴着一张字条：叔叔，我着急出门，就不等你了，给你点了早餐，一会儿送到。末尾没有署名，画着一张笑脸。字不好看，画风也很稚拙，像中学生。我想这没有随我，略显遗憾，心中还是不争气地涌起一股暖流。

当然，后来小哥送来三份油条豆腐脑套餐的时候，暖流就不那么暖了。

血浓于水，外卖软件刀法精准，叔侄二人，看起来都有很多选择，早上却都被油条豆腐脑选中。

当我看到丁辛辛的房间，暖流彻底消失不见了。被子枕头乱糟糟的，像人拱起身来立刻站起，事主走得异常慌乱。床对面的书桌上，化妆品散落了半张桌子，粉盒和眼影盒没有盖上，眉笔要自尽一般站在桌子边上，险象环生。嗯，希望她匆忙间能够化好自己的脸。

丁辛辛着急出门干吗去了呢？为了工作，还是真去找房子？看房子应该不用化妆，应该是去面试才会显得如此匆忙，可既然知道面试，为什么感觉像突然接到通知的样子？为防万一，我还是给丁辛辛发了微信：谢谢早餐，房子不要找，先踏实在我这里住着，怕你受骗。

口气像是命令，其实我知道自己是软话硬说，北京太大，放她离开，那不等于泥牛入海？

她迅速回了一个表情包。像回答了，也像没回答，这大概就是新一代钟爱表情包的原因，图中的猫眼泪巴巴的，像是装可怜，也像是卖萌，就是没有说出一句好的。文字正在退化，别说让他们读小说了。我不禁哀叹。

吉他躺在地上，我将它拿起，发现也无处可放，就坐在床边，信手乱弹。中学时我学过一段儿，终究觉得枯燥，没有继续，但当日练习的曲子，头一句还是如刻在指尖了，形成了肌肉记忆，是那首暴露年龄的《致爱丽丝》。

信手弹了几下，确实不是吉他的问题，我弹得都比丁辛辛好听。当年我为什么学吉他？又因为谁选了这首曲子，全然忘掉了。我坐在床上愣了一会儿神儿，最终还是没想起来。

楚储没有回我，似乎对我侄女来了这事儿不感兴趣。不是似乎，就是不感兴趣。

我在侄女房间里犹豫了一会儿，还是按捺住了收拾一下的冲动，单把那支要自杀的眉笔放回桌子的中间。然后我发现梳妆镜下压着一张名片和一沓资料，上边写着"倍森家园"的字样，还有丁辛辛的笔记，上边写着，三月十五日，上午十点，就是今天。

既然放在桌上，应该可以看吧。我坐在凌乱的侄女的床上，粗略了解了下"倍森家园"，然后到书房，穿上昨天准备好的衣服，匆匆地开车出门。

上车后，我跟哥哥通了个电话，我说丁辛辛已经上班去了，你一切放心，她还算适应，不适应的是我（这句我没说）。然后我假装随意说，对了，她跟你说去哪里工作了吗？我昨天匆忙，没有来得及仔细问她。

哥哥回答说，她说是一家传媒公司啊，说要做公众号，负责视频内容。也不知道她能不能胜任，你多帮帮她。对了，我在咱妈这儿呢，她要跟你说话。

妈妈接了电话，感觉精气神儿还行，只是说话略慢。除了问我吃不吃得好，也问了几句丁辛辛的情况。她说孩子小你得让着她，我说我是她叔，不存在让着，我们俩又不是平辈。妈妈在电话里笑，说，你不结婚，老觉得你还二十多岁，没想到吧，你侄女都这么大了。我听着头马上要疼，赶紧说你放心吧，我先去忙。

忙是托词，托住一切。

妈妈说好，但不停止，坚持往下说，她去了那儿，怕是又打扰你了，可别耽误你的人生大事。

不会不会，她来了挺好，我很开心。我忙不迭挂了电话，再说恐怕又要回到开头。

此刻我有点儿怒气冲冲。丁辛辛喝啤酒，弹吉他，脚踝上有文身，一到北京就做回自己，染了红头发，手机里尚不知道有没有男朋友，这些我都可以不管，但站在叔叔的角度，不管这倍森家园什么背景，是个多大的集团，有什么大饼正在绘制，我侄女断然不应该去宠物店工作。

这个"断然"当然毫无道理。她还有多少事情是"我们"不知道的？"我们"一直认识的看着长大的小毛孩子，真的如我们所想吗？一旦将我代入到"我们"，我就变成了我哥我妈以及所有要对丁辛辛成长负责的大人，变得机警、脆弱又凛然不可侵犯。

路上不堵，到倍森家园所在的安立路需要四十分钟。开窗是因为阳光好，也是因为车里似乎还有隐约的狗尿味儿，或者单是我的错觉，我歪着脖子在车内嗅来嗅去，状如皮卡。

倍森家园不算难找，只是位置有点儿古怪。在停车场正对面，一排朝西建的两层白色小楼，造型不西不中，讲不出什么式样，似乎也尽了力，丑倒谈不上，但绝不能说好看，令人印象不好就是了。何况再往里是个洗车场，比昨天给雷悟洗车的地儿还不如，污水横流。

知道我不洗车，小哥更不耐烦，说空车位是专门留给洗车人的。我说那我洗一个，他更生气，说你这车也不脏啊，不用洗。感觉是怪我不是专为洗车而来，动机不纯。

我技术不好，车在这里向前不能，向后也不能，正研究怎么倒车，小哥看我可怜，说，那就放这儿吧，一会儿给你冲冲。哥，不然你办个卡吧，十次二百五十元，便宜。他突然找到新的生意线索，人也高兴了起来。

我只能说行，说自己去办点事儿，回来开卡。

嘴里说着感谢，脚下避开泥，我终于到了倍森家园的小楼前。抬头端详，logo 显得破旧，倒是和资料上的一模一样。我想进去看看，人被楼前圈住的木篱笆拦住，正犹豫间，身后有个男声，说，来，我帮你开门。

来的男生戴着口罩，身材瘦削，看不出年纪，听声音应该不大。他眉毛黑且浓密，眼带笑意，身后跟着三只柴犬，正呼呼吐气，见我也不认生，过来在我腿边、脚上细细嗅着。他说着不好意思，拽住它们，手摸到木板门后边，将门闩打开，等我进门时，他问：来买东西还是寄养？

我含混地说过来看看。

门内圈起一块空地，狗玩具遍地，中央种着一棵枫树，刚刚钻出新叶。阳光很好，柴犬们被他放开，如同小学男生，立刻呼啸着四散而去。有的四下转圈，有的冲到楼脚下的饮水处，趴下身体，大口喝水。

您养了什么狗？男生摘下口罩，笑着问我。他脸上有口罩勒痕，整张脸斯文白净，又透着谦和，让人没有理由不理。

刚毛猎狐梗。我说。

那个品种好少，不过难养。他说，这家店是个试点，上海和成都也在筹备。我们宠物医院部分在三元桥，这里是寄养所。其实我们是媒体公司，为了做宠物内容，拍东西方便，所以开了实体店，算是将错就错。

他不像店员，更像老板，似乎有很多信息要讲，也许只是准备好的套话。开店不为赚钱，纯属副业，爱狗人士因爱发电，这样的故事很拉好感，容易被宠物主人接受。总之他异常熟练，也不像要推销的样子。

我揉着一只柴犬的脸缓解尴尬，看它的短毛在风中飘起，继而消失不见。为显得更像正常顾客，我问，这里是可以寄养的吗？怎么称呼你？

可以寄养。我姓严，你叫我小严就好。男生带我进门，里边比我想的更大，被分成几个区域。前台接待区放着乳黄色的沙发，茶几上零食篮中有一些狗零食和狗粮袋，像是样品，墙边有两个货架，挤挤挨挨都是宠物用品。再往里走，透明玻璃房是美容区，一只泰迪状如贵妇，正蹲在那里做头发，看起来很乖，楚楚可怜。

再往里就是寄养区了。我们这儿算北京最大的，有二十五间，您准备什么时候寄养？小严逻辑清晰地介绍，不给我说话的机会。我只好回答，我洗车路过，先来看看。

寄养区被隔成上下两层，都是透明的，每间大概三平方米的样子，放着只小沙发，供宠物狗们睡卧，条件不错。

这些两百多一天。转角有两间小的，视线不好，一百四。小严继续介绍，基本就走到拐角了。

我问，那二楼呢？

二楼我们用来办公。对了，您可以扫这里，关注一下我们公众号。小严指向墙上的一个二维码。

我不得不拿出手机，我这个人，就是永远挡不住热情。

拐角处，一个女孩的声音，说，我把这俩房间收拾出来了！

我不叠被子的侄女丁辛辛，身穿牛仔蓝的围裙，手上套着粉色橡胶手套，拎着个桶，就站在我和小严面前，抬头看到我，吃了一惊。

我呆在原地，本来只是进来看看，没想到撞个满怀，我暂时没想好应对之法。

做戏做全套，我认真扫二维码。刚才觉得自己浑身都是道理，现在和丁辛辛面对面了，竟然有点儿底气不足。

小严跟她击掌说，效率挺高啊，第一天上班别累着。又转向我，说，基本情况就是这样，您可以随便看看。

我想看的已经看到了，现在主要在想如何收场。丁辛辛抢了先机，说，对，您可以来这边看看，这边有些狗狗零食什么的。我帮您介绍！

是和小严一样客气、热情、值得警惕的腔调。

她冲着小严挤眼睛，低声说，让我来吧，正好熟悉下业务。

小严对我点头说，那就让我同事来招呼您。

对，就是这种腔调，像某些跨国连锁店的店员，态度不过不失，听起来不知疲惫，无懈可击，找不到毛病，却令人烦躁。

我的侄女丁辛辛，未来要在这里铲狗屎，一身狗毛站在货架前，用蹩脚的公关腔喊"欢迎光临"吗？还是要在这假装小洋楼的违章建筑的二层里写写画画？我得声明，是愤怒让我乱了分寸，不是这样有什么不好的意思，我没有职业歧视，这和我想象中的她的工作大相径庭。我现在谁也不是，我只是个普通家长。

丁辛辛放下桶，看起来并不打算和我相认，更不愿意跟小严介绍我。作为顾客，我被丁辛辛带着走到两排货架之间。

她低声说，百密一疏。应该是想起了早上落在桌上的资料，听起来只是责怪自己，不是跟我对话。

你打算瞒我到什么时候？我有点儿急。

你也没问啊。她倒是平静，手在货架里拿东西，一袋一袋，通通扔进购物篮。

我不问你就不说？你不是去一个新媒体公司吗？这是啥？

我尽量压低声音，看着她往购物篮里放东西，还是禁不住制止。

我说，皮卡不吃这些。

它岁数大了，牙有牙石，口气重，得换粮食，消化不大好，放屁很臭，昨晚熏死我了。侄女有条不紊，丝毫不见慌乱。

我没跟你说这个，丁辛辛。我边说边回头看，透过货架，小严正在柜台那边招呼来接柴犬的人，显然并没注意我们。

我不想解释，晚上再跟你说，还有，叔儿，你不能这样随便来我上班的地方。绝对不能！

你……我一时语塞。

怎么着？我楼上有做视频的同事，要不要把我们俩的对话拍成真人秀视频？让我们来演示下你作为家长如何粗暴干涉年轻人自主择业？我来表现一下反抗精神？丁辛辛鬼头鬼脑地冲我笑，又往购物篮里扔了两袋什么。

喝啤酒的、有文身的、红头发的丁辛辛目光变得坚定起来。她拎着购物篮，转身说，给皮卡买走这些吧，对它身体好。

什么？我跟上她到柜台处，觉得我白来了。

必须买，算对你罚款了。丁辛辛抬头看着我说，感觉像赦免了我的罪。

六百五十八元，谢谢您。丁辛辛扫完码，给我报了价格。

这么贵？我低声怒吼。

您支付宝还是微信？

这都什么就六百五十八！

支付宝还是微信？

微信。我非常不乐意地掏出手机。

现在加入会员，可以打九折。

不用打折！我丧着脸说。

别呀，跟钱有仇？丁辛辛说完，抢过我的手机，熟练地帮我添加了会员。再扫一下，说，五百九十二块二。我扫您。

丁辛辛送我出来，中午太阳分外刺眼。

我不会同意的。我说。

我不用任何人的同意。丁辛辛仰着脸，没羞没臊。

晚上回家说！

我今天不想回家吃盒饭！

那我一会儿接你，带你去个餐厅。

你要给我上课我可就不去了。

不上课，接风！

昨天不接，今天是不是晚了？小姑娘牙尖嘴利。

今天补！我去逛逛，然后等你下班。我显得迫不及待。

这番对话间，丁辛辛已经将购物袋递到我手里。顺手拿起铁锹，铲掉刚才柴犬拉在院子中间的屎。又拿来酒精喷壶去那里喷了喷。动作很麻利，我看得触目惊心。

叔儿，你是不是真的不忙啊？丁辛辛笑着说完这句，等我回过味儿来，已被她推出木门，门上的风铃脆响了下。

手机闷声"哼"了一下，是楚储，她这时候突然关切起来，问我，侄女？怎么没听你说过有个侄女？

我也希望我没有！

但我不能这么回，显得心情很糟，气急败坏。我只好回，一言难尽，这周见面时跟你说啊。

即便如此混乱的情况下，我仍暗示我想见她，希望她能明白。

我真处心积虑，真聪明。

花了五百九十二块二，侄女保卫战的第一仗，我打得惨败。现在的尴尬在于，我还不能就此收手，必须打出风格、打出战果，否则这白日追踪的戏码，算白白上演了。

我正躲开脚下的泥，那边洗车房外，小哥迎上来说，哥，您车洗好了。卡二百五十元，您扫那边的二维码吧。

一旦你同意办卡，"你"就变成了"您"。

嗯，今天我花了八百四十二块二，必须全都算在丁辛辛的头上。

我把车倒出来，折腾得满头大汗。暂时无事可做，看地图上显示旁边有个公园，索性停车，进去逛逛。

我这般勤奋的人，一旦无事可做，就心里发慌。其实这样不对，勤奋从来不是人生的目的，吃苦也从来不是，苦只是苦罢了。我这两年经常训练自己，让自己不要对浪费时间心存歉疚，但总做不到。因为这前提本就不对，时间没有浪费之说，时间是怎么花费和节省都会消逝不见的东西。

后来查心理书籍，说人如果希望单位时间内获取更大价值，是一种自我剥削。

说来荒谬，我们这一代无所依傍地长大，应时做一些决定，得到一些好处。现在看起来，局部虽然艰难，大体却顺遂，肯定不只是勤奋的原因，所以自我剥削更像是一种惯性，以此说服自己，努力就能得到一切。

坐在长椅上看着河面，我几乎同意了唐编辑的话，人要么在时代的巨轮之上，毫无知觉已恍然度过半生；要么在巨轮之下被碾为浪花，为众人和世情抛下，连声响都来不及发出。

而我身处巨轮边缘，桅杆下有狂风掠过，呼呼吹起头发，巨浪正在路上，海啸尚未发生，消息却在耳传面授，更多思考会有更多安全吗？在这个变化如此迅疾的时代中，我代表丁辛辛思考有意义吗？怎么才算真的正确？我真的了解她吗？我又有多懂我自己呢？

想起自己和丁辛辛一样大只身来到北京一无所有的样子。那些日子最终被记忆吞没了，唯剩下些许画面。

更年轻的、更瘦的我，不用控制体重，钱包和人一样干瘪，进入公司前需要深深呼吸。当然会兴奋于再没有人替我决定什么，一切都自己说了算。要学着量入为出，面对柜员机里的存款余额心惊胆战。后来总会记得自己在书报亭前犹豫，要控制买杂志的数量，只能选择最爱的那本，类似一种饥饿。

当年夏天来时，"环球嘉年华"正好开到中国，唯一一站就在北京，落户石景山游乐场。巨大的摩天轮之下，园内人流如织，各种娱乐设施在尖叫声中循环运行，中奖者被众人目光包围，庆祝的钟声被敲得当当作响。服务人员都是老外，热情四溢，笑声爽朗，据说都来自一个家族。

我将以媒体名义进入，得到两百枚赠币。因为机会难得，我让哥嫂带丁辛辛来京和我会合。三岁半的她刚被我爸剪掉长头发，像个小男孩，被我哥抱着，进园后四下乱看，被声音画面震撼，眼睛完全不够用。

我们玩旋转木马、激流勇进，避开海盗船，去玩投篮游戏，中了一些奖，是正版迪士尼公仔，跳跳虎还没现在这么出名。丁辛辛抱着它们，第一次感受北京，令人眼花缭乱，随时出现惊喜。

没有人告诉她，快乐是暂时的，艰难才会铺满街面。我当时也没说，欢快的我当日只剩下三百的存款，一直想着晚饭在哪里吃比较划算。

没有人告诉她，北京可不止这些。北京还是那些已经被我忘掉的冬天，一夜寒风后树木立刻露出狰狞的灰色。那些出租屋内廉价的家具，厨房里布满油垢的换气扇，镂空的防盗门发出钝响，关门时候手指冰凉，带着陈年铁锈的气味。那时电梯需要有人看管，管理员坐在一隅，下身裹了棉被，似乎从不需要站起，她手持的木棍末端裹了橡胶，像电梯按键，是金贵之物，需要悉心保护。我在轿厢内站着，被她从上到下端详，或许不是她，是北京在这样看我，审视我是否可以在此留存、留存多久。

我急不可待想告诉她这些，但其实我也知道，没有哪条路能通向绝对正确。

二十五岁前，你当然可以选择自己喜欢的，借此知道自己能做什么、会做什么，什么能给你带来收入。二十五岁到三十岁，你最好能确定自己未来能做什么，并找到自己真心喜欢的东西，包括人。但人总是孤独的，你得有什么作为依靠，但一定不是他人，是你醒来就拥有的东西。

晚上七点，接上丁辛辛，我们到了一家韩餐厅。我要了苏打水，看着气泡升腾，柠檬在杯中翻了个身，我开场白讲了如上这些。

听起来像绕口令，但人生本来就是绕口令。我说。

那你有吗？叔儿。丁辛辛喝可乐，同样的气泡升腾，却是二十多岁的特权。

我？我愣了下，然后坚定起来，我说我有，写作就算是。

那你什么时候开始写作的？

三十二岁，我们那个时候跟你们现在不一样……我说。

那之前我这么大的时候不是也没有吗？丁辛辛问。

是的，必须承认，三十二岁出第一本书之前，我状如转山，已经认定自己才华欠奉，毫无惊人之处，终将这样一天天认真上班下去。三十岁前，午夜梦回时会感到恐惧，后来在微博上日夜说话，吐露些爱而不得的人生尴尬，当然也有细微喜悦和苦楚，没想到竟被出版社发现，顺利签下了第一本书。

人生最怕的是想不到，最开心的是没想到。

可我当然也记得，即便签下第一本书，仍不确信自己能成为一个好作家，第一本书的扉页上写着"可能卖得很好，可能不再出书"这样垂头丧气的话。

但你和我不同啊，没必要走那么多弯路……我说。

什么算弯路呢？丁辛辛看来打算抵抗到底，巷战阶段，勇者必胜，她打断了我。

不管怎样，第一份工作还是要认真找啊。我自然不甘示弱。

你怎么知道我没认真找呢？丁辛辛用力扣杀，有火药味儿。

看起来不像！我有点儿恼羞成怒，回得太快，失了章法，一旦随着对方的逻辑，辩论就呈现败象。

好在此刻菜上来，咕嘟作响，隔着雾气，我和丁辛辛脸色都不好看。

为了掩盖什么，我说，你爸爸知道你有文身吗？

不知道，我也以为他会问我，但他没有。大人们，总是以为看得见我们，却只关心看不见的部分。丁辛辛笑着说，像原谅了我们这些大人，她把我和他们归为一类，这让我非常不爽。

你有文身吗？叔儿？

文身不就是疤吗？只是好看的疤罢了。我说，我没有。

那应该是心里有。丁辛辛笑，认真看着我。

并没有！我大声反驳，乱了方寸。

越是看起来有秩序的生活，越是可疑。丁辛辛很是自信，再补一句，给我当头一棒。

我狼狈起来，她什么时候变成了这样一个伶牙俐齿的家伙？这显然开了个不好的头，大人们的伪装一旦被揭开，就透露着虚弱和败象。

丁辛辛说完，撩起自己的袖子，手臂内侧还有一处文身，是变色龙。

我改天带你去文一个？丁辛辛嬉皮笑脸。

我不用这样彰显自己与众不同！我奋力抵抗。

她斩钉截铁地说，这不是为了与众不同，别人又看不见。这是文给我自己的！

说得理直气壮，几乎说服了我，我对此本就没有成见，现在更要回归主题。

我认真跟你说，第一步决定你的第二步第三步。我只好将话题转为讲道理，职场经验告诉我，领导无计可施时，就会选择讲道理，反正讲道理永远不会错。营养价值学上，鸡汤固然无用，看起来却总是分外滋补。

你学了四年编导，出来到宠物店给狗铲屎？为保持胜利，我说了更难听的，必须来一记绝杀，话当然不好听，但她总是不提供信息，不是办法。

不是这个工作不好的意思，是这个工作，很多人都可以做。我没有歧视别人，只是觉得你这样浪费了。看她已然被扰乱了，我决定乘胜追击。

浪费了什么呢？专业知识还是大好青春？还是你们的期待？丁辛辛手里转着勺子，更像手持一柄利刃，显得不慌不忙。

我很清醒。丁辛辛说。我不是什么有才华的人，吉他都弹不大好，不会写书，你做的电影我也不大感兴趣，觉得当观众和读者挺好。做大型节目，诸如选秀什么的，我也觉得没什么意思。我大三去实习过，做了跟拍导演，觉得荒唐。

丁辛辛看着我，说，叔儿大概也不知道我干过这些吧，但你一定能懂那种荒唐，在无聊的生活细节里拼命寻找有趣的线头，再使劲把它们编织起来，不，编起来，我没法儿乐在其中。

还有就是，我入职的不是宠物店，今天纯粹是熟悉下卖场环境。其实就算是宠物店也没关系，猫狗比人有趣多了，至少比较真实不是吗。丁辛辛不疾不徐地说，我入职的是公司的新媒体部分，做视频号内容，和我专业并不违背。倍森家园现在是垂类第二，目标是做宠物届的丁香医生，让更多无知的养宠人不再摸着石头过河，为什么就不值得投入了？

丁辛辛看着我，大概在她眼中，我是最值得被引导的无知的养宠人。

我拒绝了三个 offer，确定来这里工作，看的不光是现在，还有未来。她说。

未来的什么呢？她已兵临城下，我只好虚弱地问。

我要拍跟宠物有关的纪录片，讲人和它们关系的，一只猫狗最多活十五年，相伴它一生的人发生了什么？到底是谁陪伴了谁呢？我很好奇。但现在我还不行，我先干这个，养活自己。

人生不是规划出来的，是干出来的。丁辛辛做了结语，又补充说，担心是没用的，你应该知道，别人的担心更没用。

叔儿，你的书我之前读过，昨天读仍然觉得很多道理相当透彻，怎么一到了我身上，你就变成了普通的大人了？侄女歪着脑袋问我。

我言辞锋利，逻辑清晰，擅长辩论，能说过唐编辑、个别甲方和所有朋友，今天竟发挥失常，一败涂地。所谓被救助者一旦坦陈并不需要帮助，救助者就显得多余和一厢情愿。在成为被现实世界收服的大人之前，我也像丁辛辛这般清晰吗？我并不确定。

韩餐厅里，有人正在拍照，看起来和丁辛辛年龄相仿，妆极其明艳，穿得也少，露出肩膀，姿势看起来难摆，各种拿捏后终于出了片，还需再补一条视频。一个给另一个录，让她更柔和些。她们声音暧昧黏稠，边吃边聊，对着手机说话像跟爱人一样，眼睛里都是笑意。

我倒是希望丁辛辛如此，简单、表面、轻巧，一览无余。可她穿黑色的上衣，没有多余首饰，头发是红色的，吃得很少。此刻抱着肩坐在我正对面，如坐于雾中。看到我的视线所及，她笑了下，说，她们皮肤真白，好在我不羡慕。

不只是不羡慕，简直是看不上。我不知道该庆幸她这样，还是该感到忧伤。

最后丁辛辛说，叔儿，你尽可以把我工作的事情告诉我爸妈，不过他们不大了解情况，也说服不了我，徒增烦恼。

回来的路上，我和丁辛辛一路无言，谈话没有结局，但我们都知道双方谈崩了，彼此放弃了对方。理解是困难的东西，彼此理解或许只是一种相互迁就。

不过今天，与其说是我迁就了丁辛辛，不如说是她说服了我，暂时的。

我内心当然不大服气。

10

我不能放下的一切

我不擅长置之不理，
像被抠掉了这种技能。

虽然让我寝食难安，丁辛辛还是在我家里住了下来。

我脖子不知道什么时候好了，手也迅速恢复。和楚储的故事被我留在暗处，像块炭在心头持续烧着，放不安稳，一想起来就有灼痛感，丁辛辛自然看不出来。

或许受自己第一本书的鼓励，我选择对楚储放松下来，诸如"早安""晚安"说不说话无可无不可，心里知道有点儿自欺欺人，但至少表面上，我变回看起来精神奕奕的样子。开始换季了，我竭力认真生活，每天都想想穿什么出门，用来提振士气。

和侄女大的矛盾没有，放弃了争取彼此理解之后，我俩的相处就只剩下一些琐碎。诸如她不叠被子、东西乱扔、作息不规律这事儿我已经不再唠叨，偶尔露出一些表情被她捕捉到时，她便自言自语，说请不要担心，我房间乱七八糟，但人生一定过得整整齐齐。

吉他声偶尔还会响起，唉，没有进步。

毕竟寄人篱下，我过于规律这事儿她也不便再提。只是我时钟般的生活应该让她痛苦，周末也要正常睡觉起床这事儿她最想不通，偶尔会借着跟皮卡说话抗议一下，无非是感叹它狗不像狗、被迫军事化管理、命运如此凄苦之类，我一概假装听不见。

苦于项目没有进展，我开始写我的新小说，只是将工作地点搬到了雷悟家。每天早出晚归，对丁辛辛说是去自己的工作室（虽然她并不在意），假装自己很忙的样子。

小说写得很慢，有时候面对着电脑一个字也打不出。我渐渐熟悉雷悟家的光线。早上十点会照到客厅的扶手椅，到下午四点光在厕所窗户的右上角消失时，意味着这一天终于要过去，可以点晚饭了。吃完晚饭，我仍赖着不走，窝在雷悟家看老电影，有时投影开着，人已睡着。滴滴和我变得熟悉，只是作为猫，它的眼神依旧空洞无物，没有感情，感受不到它的亲近，我也懒得强求。

家里一切全乱了套。丁辛辛入住之后，我在家没再看过一页书，更打不出一个字。为了少和她碰面，我强行调整自己的作息时间，尽力做到早出晚归。丁辛辛起床之前，我大多已经离开了家，而如果我到家她已经洗完了澡回房间听歌或者弹吉他，我会大感欣慰，觉得自由。

家中没有开伙，她时常加班，中饭、晚饭都在公司解决。我索性把外卖默认地址都改到了雷悟家。

冰箱我划出了两格给她，被她放了酸奶和面膜进去。我偷看了下，面膜是酸奶味儿的，酸奶竟明晃晃打着补充胶原蛋白的旗号，不知道她是怎么做到可以不弄混的。有天我好心给她放了盒草莓进去，第二天被她移了回来，她说，我不喜欢吃水果。

物质优渥的"95后"，什么都不缺，什么都不爱。

总之，诱惑不了，很难拉拢。

屋内绿植的浇水时间乱了，趁着春天疯长，最大的那盆杜鹃却干了叶子，被我扔了出去。更离奇的是，丁辛辛来后，客厅的智能灯系统突然坏掉，得靠吸顶灯照明，大白光一照，整个客厅显得张牙舞爪，让人心烦意乱。好在为了少和丁辛辛见面，我不怎么去客厅。她倒不介意，常四仰八叉躺在沙发上看书，红头发散在靠垫上，像只硕大的蜘蛛盘踞于此，让人不安。有时意识到我看她，红色蜘蛛收敛了长脚，腾出半个沙发的位置，意思是你看起来这么羡慕，也过来坐一坐吧，我当然不要，却只能咽下嘴里要说的话，闭上眼睛，垂手回自己房间，把自己摔回床上。

至于皮卡，一天三遛变成两遍。别的不提，人狗情是靠不住的，它早已叛变，偶尔过来闻闻我，应该也知道我外边有了猫，更加理直气壮，晚上就乐颠颠地回到丁辛辛的房间去。

她工作的事儿我自然没跟她爸讲，接电话时，她正巧在身边，我只得大声夸她工作卖力，又说媒体公司工作都忙是正常的，她听见后，眼中流露出一丝感激，只一丝。我妈非要跟她通话时她拿过电话，开口前甚至向我点头致意了下，然后大声回答，我不累，吃得好，我叔对我特别好，昨天给我买了草莓，又大又甜。

年轻人的成长之路截然不同，骗起老人倒都是无师自通。她冲我挤眼睛，像达成了一桩交易。我拒绝回应，一点儿也不想和她达成共识。

看得出，丁辛辛工作挺辛苦，一周要上六天班。她解释说多出的这一天不是公司要求，完全出于他们部门的自愿。他们的视频号分了栏目，其中有一期专门讲"路遇"，所以她要趁周末的时间去"刷街"，找那些路上带狗的人，积累视频素材。

说这些时，她眼睛闪光，该是爱一件事时候的表现。她说真的挺好玩，人和宠物的关系不完整地呈现出人的生活。比如年轻人带的狗大多如饰物一般，要彰显主人品位，狗们通常乐观开朗，兴奋于和人互动；而老年人带的那些则看起来相当疲惫，不想社交，急于回家，定是在外边遛太久，体力不支，需要睡眠。她说，幸亏有个麦克风，不然哪有机会路上碰到谁就抓住问个不停。

我愿意听她说这些，但表情上要显得心不在焉。如果她不是我侄女，我甚至会为她的热情鼓掌，但现在我只能配合着干笑几声，转身回自己房间。

她从洗衣间里出来，叫住我。抱着刚洗好的衣服，问我脏衣筐里的那条裤子要不要洗，我说我自己来。她说，好的，你们工作室是不是养了猫？裤子上全是猫毛。

每天离开雷悟家我都哀号着用滚子粘个不停，没想到还是露了马脚。我搪塞说，是的，巨大一只，好像是美短。

是吗，那种猫有遗传病，都是被人类害的。她说。

我们俩进入到一种客气的彼此防备的微妙的平衡之中，我减少过问她的生活，枪口抬高一米，她则把自己的真正个性放回到那个小房间中，尽量避免刺激我。在房间之外，她学着摆正拖鞋，清理水槽里自己的红头发，除了和皮卡还是过于亲近以及琴声难听，其他倒做得不错。

雷悟说剧组拍摄不大顺利，自己也决定跟组，长长见识，可能要七月才回。

我和楚储"早安""晚安"如常，却已经近两周没有见面。她说自己很忙，不知道是不是借口。我苦于侄女在家里住，无法完成日常的约会，内心的空洞越来越大。那条微信像一根刺，深深埋入我的心头，一着力就随着血流疼起来。

总体来看，丁辛辛的出现也不完全是坏事，虽然挤占了我的生活空间，但也让这个房子有了些许人气。我疲于应对她的同时，那种总是独坐在家的孤独感也随之消失了。而她每日创造的那些不来自我的声响，甚至包括难听的吉他声，让我不禁回看自己所谓的日常生活，是否真的过于寡淡了些。

我新写的小说定名《解绑师》，讲的是负责人间关系的解散之神柴可夫的故事。故事的开场，夫妇两人在高架桥上争吵，男人愤怒至极，决定将车开下高架，和女人同归于尽。此时解绑师柴可夫出现，打动响指，二人尽释前嫌，当然之前的关系也就到此为止，烟消云散。

唐编辑说，有点儿意思，题材可以算都市玄幻，只是不知道你驾驭不驾驭得了，注意不要太悲伤，现在 be 结局读者可不爱看，怕我不懂，又返回去解释，说 be 结局就是 bad ending，不好的结局。

我当然知道，但我不想这么说，流行词汇太多又层出不穷，像黑道暗语，学不过来，和表情包一样，令人看着就生气。

我说我想讲人的离散、失去、断绝，爱情的后半段，最难熬的部分，可必然也会写到他们如何相遇、互生情愫、情投意合的部分，爱情刚刚发生的时候，你放心就是。

我隐藏了半句没说，其实关系中最难的部分，往往是在闯过激流之后，平静水面下涌动的那些。像我和楚储这样的，暂时无法继续深入，也无法再重新认识一遍，确实该被打个响指解散，各奔前程才对。

结局好坏，得放在长的时间里去看，现在坏的结局，未来要鞠躬感激它也说不定。

在雷悟家认真写字的上午十点，必须关上窗子。隔壁是所重点中学，课间运动时间很长，一个女体育老师或者教导主任什么的，总在喇叭里咆哮，听不出具体内容，语气却让人头皮发麻，恍如回到初中时的操场上，必须要接受根本听不进去的一切。

我常点一根烟，站在窗前发呆，提醒自己千万不可成为丁辛辛的教导主任才是。人一旦拥有一定的地位和麦克风，就容易扯开嗓子对他人说话。

这时手机振了一下，是楚储说，今晚来找你吧。

她从来不说"想你了"，哪怕是"想见你"。后来我也不说了，这样平等。我说"好的"。这段奇怪的恋爱，仪式感上格外简洁，如果这也算是恋爱的话。

放下手机，我伸了个懒腰，突然回身抱起滴滴，一顿狂亲。滴滴被亲蒙了，茫然看着我。猫经常做奇怪的动作，即便如此，此刻猫也表示对突然狂喜的人类难以理解。大家别笑，我现在也看不起自己，但我顾不上你们怎么看。

三天后，就是四月一日，叫胜宇的人将回来，楚储就要去南山滑雪场和这个人约会。他高大，穿风衣，曾和她在机场拥抱彼此，上演依依惜别，还过分亲昵，用手揉她的头发。

今天我要和她见面，我定要把握机会试着问她，或者直接算了，分开就好，不再继续自我折磨。如果真有解绑师，不如请他来帮我们打个响指好了，也算水落石出，做个了断。

但当务之急是决定今晚去哪里约会。订个酒店倒是无妨，只是可能会让楚储觉得不适，想着红色蜘蛛丁辛辛可能会一头红发在客厅沙发上，还放着音乐，咕咚咕咚地喝啤酒，我在雷悟家转了三圈，浑身燥热。

窗外，春天正快速地攻城掠地，谁也拦不住，马上要热起来了，我愿吃素三日，把南山的雪全部化掉。

下午三点，我给丁辛辛微信发去了东三环某个新开酒店的预订链接，说，今晚你去这里住，是有公关朋友让我体验的……我正好家里来人谈事儿，没空去，你帮我去吧。

说得轻描淡写，实则处心积虑。理由越长细节越多，越是谎话。大家以后要学会分辨，谨防受骗。

四点时，丁辛辛缓缓发来一个问号表情，随后说，这么突然，那好吧。

她今天如此懂事，我心存感激。匆匆收拾东西回家，遛了皮卡，拴在门上，一切操作回到丁辛辛没来时，如同那么多个我的约会之夜。现在唯一多了的一个步骤，是我关上了丁辛辛房间的门，假装她从没来过。

她的房间已经有了不少她的生活痕迹，只是在我的虎视眈眈之下，展现出被迫的整齐。今天被子叠过了，睡衣也折起来放在了枕头上。琴总是歪歪扭扭，今天终于靠在了窗上。桌上的化妆品被装进一个透明方形袋子，鼓鼓囊囊，只是拉链没拉上，露出参差不齐的化妆刷，像是什么怪物在吐舌怪笑。

我的第一本书就放在她的床边几上，大概读了一半的样子。下边未拆封的，竟是我的另一本，她什么时候买的？对我如此好奇吗？

如果想了解一个人，当然是去看他的作品。那些他灵魂里明亮的、黑暗的部分，即便刻意隐藏，也都在字里行间。想着侄女正在一字一句检视过去的我，我多少有点儿不安。

这么说来，想了解一个作家不算困难，除非他是个天才，又写得太多。不知道楚储是否了解我，这么想着，喜悦的心情又掠过一丝不快，难以描述。

一切准备就绪，我坐在窗前，看不下去书，也暂时没什么事情可做，只好对着窗外的树发呆，它们泛起新绿，有清浅的阴影。我换了床单，刚洗完自己，吹了头发，认真刮了胡子，身上留有皂香。桌上水果已经洗好，红酒在醒酒器里，我喜欢它呈扇形随瓶身弧线注入时的样子，像某种预示，大红色帐子般喜庆庄严，最终导向爱和亲密，导向耳畔的呼吸、互相渴望和十指交缠。

"微醺"是多么美好的词，发音和字形同样令人愉悦。

忘了说，此前我还研究了一会儿，换了智能灯遥控器的电池，客厅终于恢复到之前的样子，不再需要靠吸顶灯照明——那些被我称为"春节光"的瞬间照亮全屋的不讲道理的白炽光线，简直可以将一切情趣照回原形。现在我的客厅是美的，丰满的，有深浅层次的，绿植和光还有家居用品都很温驯，不挣不抢，一切刚好。

丁辛辛不在的日子，客厅主权已经被我夺回，这真是爽。

看时间已经七点多，想着楚储快到了，我点了一根白檀遮盖屋子的烟味儿。

我写作和等待时才需要抽烟，写作时更需要些。

说起来，写作也是一种等待，我就适合干这个。

到八点二十分，酒已在缓慢变酸，按捺不住，我终于在微信里打字问她，还没到？

楚储迅速回了，只是简单一句，她说，我们改明天吧。

吧嗒，我听见第二根白檀烧尽落入香托的声音，它终于熄灭了。房间里绿植垂手站着，目光灼灼地看我，状似默哀。红酒在时间的尽头哀号，此刻已化为黏稠的岩浆，藏有怒火。心中某块东西如巨石般崩裂了，发出訇然吼声，正从山顶滚落而下，避无可避，我那么脆弱，还无法挪动，要被它碾成粉末。

我坐在原地不动，安静一直都在，现在变为一种讽刺。所幸有楼上邻居家的孩子赤脚跑过，发出咚咚之声，打破现在浓稠的空气。皮卡在门前本已睡成了扁平的形状，也是安静的，连呼吸声都没有发出，被声音惊醒后，它警觉了半秒，耳朵转动，又转过头来看我，像在询问发生了什么。

如我期望和要求的那样，它要永远置身事外，不动声色，不要像我，容易紧张和愤怒，容易被别人影响。

什么都没有发生吧。它继续躺下，恢复到原来的睡姿。

可能见我没有反应，手机再响，楚储说，这周太忙了，真的是太忙了。

重复像鞭子，实在不必抽第二次。

我想回"算了，你忙你的"。但力气不允许，满腔的愤怒也不允许。

我手在颤抖，打不出字，一定是太饿的缘故。等待有结果时等待是美的，带有凄楚之感，显现爱的毅力和决心。而它一旦落空，所有都会指向愤怒。倾尽心力等待过后，我是个脆弱的中年人，我是什么呢？可被任意放置，随便处理，可被拴在门口，踩在脚下，可被扔在垃圾桶里，按删除键发出脆响。难以名状。

何况我正饥肠辘辘。

我大口地把红酒灌下，它不是滚烫的，也不是冰凉的，和空气充分融合之后，显现出一种便于入口的温和，它是挚友、是故交、是此刻唯一可以伴着残酷现实吞下的东西，似乎能救我于水火，但最终将置我于死地，这不就是他妈的爱情吗？

什么他妈的爱情！

回复什么呢？太愤怒不够理智，长篇大论则暴露出过于在乎，假装完全没有情绪的话，人就显得逆来顺受，何况我本就如此，那是不用仔细看的搁在封面上的大字般写好的关于我的真相。

时间滑向幽暗之处，我静静坐着，喝完全部的酒，没有碰水果。想起二十岁或者更早，比丁辛辛小些的年纪，似乎也曾因为这样的情景感到悲伤。为何失望在多年后仍坠落在相同的地方，我竟然还是一样的反应？我刻意训练的本该坚硬板结的部分，为何仍如此不堪一击？

与其说这愤怒是因为楚储失约，不如说是因为自己对此毫无抵御能力，对自己的无能失望。

丁辛辛下班了吗？去酒店住了吗？她会害怕吗？还是终于在没有我的空间里，换上大的雪白的浴袍，一跃而起跳到床上，因此获得额外的可以自由呼吸的一夜？

歌是《百年孤寂》，什么时候开始放的？在只有我的家里回旋，王菲避重就轻地唱，"一百年后你不是你我不是我"。

我一遍遍听，喝完杯中全部的酒，再用力倒醒酒器里的那些，等它一滴滴地滑落杯中，现在我有的是时间，反正无事可做。

感觉越来越清醒，当然是错觉。拉开冰箱，在丁辛辛那格里拿了啤酒，"啪"地打开，喝了一口。我想醉倒，好好睡一觉。

皮卡被我放开，此刻完全醒了，正站定了看我。受这目光驱使，我看时间才发现已经超过平时遛它的时间一个半小时，就赶紧穿衣服，打开门准备带它下去。今天没有牵绳子，它稍微迟疑了下才跟出来，似乎提醒我忘了东西。我说今天不拴，它没明白，在电梯里仍默默观察我，显得惴惴不安。

所以说习惯像个咒语，改变并不那么容易。此刻我在皮卡前狂奔，用最大的步子，没有被牵绳的它不大习惯，只好紧跟着我，怕慢一步就会被抛弃。

这是夜里十一点，整个小区被关了静音，只剩下皮卡和我的呼吸声，以及凌乱的脚步声。如果有人从高楼俯瞰下来，该是成年人童心大发，正赶着春天的尾巴，在春夜里消化着什么。

到小公园门口时，我已上气不接下气，却发现门被锁上了，胸中燃起一团怒火。我都想象过了怎么跟皮卡进去，我如何坐在长椅上，它如何冲上小山，再兴冲冲地下来，为今天的自由庆祝。现在我们被拦截在外，这毫无道理。

向上看去，阻拦住我俩的铁栅栏指向天空，横平竖直，非常严格。

谁让你锁门的！我问。

铁栅栏没有嘴，自然不会回我。

基于栅栏和我和狗三方都很高龄的前提，后来的画面多少有点儿恐怖，建议未成年人和三十岁以上的读者不要模仿。四十多岁的我抱着十一岁的狗，呼哧带喘地攀上摇摇晃晃服役应该也超过十年的铁栅栏，每一步都令人心惊，不过反正旁边也没有人。

栅栏和我和狗都在呻吟，都在腰酸背疼。

后来想起有点儿后怕，那真是相当危险的动作，当然，也相当滑稽，于成年人来说，滑稽是比危险更加危险的危险。我只是庆幸当时已是深夜，还有酒意助力，我自觉身轻如燕，毫无畏惧。

上去之后，发现下去更不容易。尤其是我抱了狗，太久没抱过它，发现它确实胖了，腰粗如桶，沉甸甸的，像枚炮弹。它当然也不舒服，加上恐高，不断在我怀中拧来拧去，终于自己挣脱，跳了下去，落地时发出一声惨叫。我心中一惊，想它肯定骨折了，一急之下，手脚并用，终于跳到了栅栏的另一侧。

酒暂时醒了。我在门内蹲下来仔细检查了皮卡，发现它腿脚还好，只是受了惊吓，要连续抖动身体，像个烘干机的内芯，兀自不停旋转。

我整个人已经汗津津的，没有力气再动，瘫坐在长椅上，想着一会儿还要翻栅栏回去，为此感到愁苦不已。皮卡不明所以，本想冲向小山包，见我在长椅上坐着，犹豫了下，直接跳上来，蹲坐在我身侧。

皮卡的肩膀抵着我的肩，竟有几分力道，或许是我醉了，感受不准确。我看着天空，脑袋摆来摆去，没有音乐，但有什么在脑中唱着，"一百年后你不是你我不是我"。突然听到身侧传来一声长长的叹息，极像此刻的我。

我看向皮卡，它正好扭过头来和我对视，眼神里既有怜惜，又有气恼，简直马上要说出安慰我的话来。它果然什么都知道，但什么都不说。春天的夜里，我在长椅上愣住，惊诧于刚才听到的叹息和现在皮卡的表情，直到它吐出舌头，哈哈冲我吐气，又变回狗的样子。

它陪伴我太久了，它懂我。我揽住它，拍拍它的肩，发出的声音像译制片里的蹩脚配音，我说，老伙计，最后还是你。

我和皮卡抬头看着天空，有几颗星星，月亮藏起来了，怎么也找不到。如果被人看到，该是相当和谐美好的画面，但我心里乱糟糟的，酒意在胃里翻腾，什么东西正在身体里乱撞。

四月就要来了，十万火急。

渐渐感觉有点儿凉了，酒意更盛。我叫了皮卡一声，准备回去，发现脚步摇晃，我对再度翻越铁栅栏当然没有信心，到栅栏门时，却不禁哈哈大笑起来。

然后我迅速闭上了嘴，赶紧看看周围有没有人。

应该是刚才下来时过于急切，铁栅栏门已经不堪重负，被我压断了右侧，歪倒下来，唯留另一侧在苦苦支撑。反正四下无人，我索性将它掰一掰，缝隙恰好可容我和皮卡贴身穿过。

身上当然蹭了土，但我无暇顾及这些，出来之后，和皮卡越走越急，到最后简直如同逃亡一般。

回到家中，仍然觉得紧张。一贯循规蹈矩的我，第一次破坏公物，虽然不是出自本心，但也有种莫名的快感，似乎有挣脱了什么的意味。

酒意上涌，天旋地转，我冲进洗手间，吐了个昏天黑地。

出来时，皮卡半躺半坐，在门口等我，像丁辛辛没来的时候一样，背影令人感激。我跟跟跄跄回到卧室，倒头大睡。一夜无梦，或许也有，但全然不记得。

早上被微信声吵醒，我忘了充电，手机还剩百分之五的电量。丁辛辛发来微信问，叔儿，我现在可以回家换个衣服吗？

我睡眼惺忪地忙说可以。心中愧疚，想挣扎起来，无奈头还有点儿疼，在靠垫上喘气，竟又睡了过去。

隐约间似乎丁辛辛回来了，皮卡冲过去迎接，吠了两声。我仍在努力恢复意识，听到丁辛辛跟它说话，应该是闻到了家中的酒气，当然餐桌也暴露了昨夜发生过什么。我听见丁辛辛像跟皮卡商量，说，我还是带你下去遛遛吧。

门再响起时，皮卡已经冲回了房间，我努力睁开眼睛，将手机充上电，晃晃悠悠地走出来，丁辛辛正将给皮卡擦脚的湿纸巾丢入垃圾桶，看了我一眼，也不大惊小怪。说，我订了粥，一会儿一起吃吧。

我反应迟钝，问她，你今天不上班？

今天我倒休一天，正好去看看房子。她说完转身回屋，听不出情绪，也没看到表情。我站在客厅里，突然有点儿无所适从。难听的琴声响起来，感觉她也没有在生气。

外卖送到了，她开门去拿，说了声"辛苦"，客客气气，是大人的样子。回身看我在餐桌前呆坐，也坐了过来，打开粥盒的盖子，从筷子包中取出勺子。看我一眼，说，喝粥。像是命令。

然后她说，只是赶巧了而已，不是因为什么事儿，我刚到北京时的中介一直在帮我找房子，攒了几天，今天我准备一起看了。

真没有必要。昨天……我想解释，但口干舌燥，有些词穷，事实是，我昨天确实做了一个不大好的决定，或许会让她多想。

丁辛辛喝了口粥，跟我说，真跟昨天的事儿没关系，我今天未必找到，可能还得再赖在这里一阵也说不定。只是以后，不要订酒店了，挺贵，没必要，我可以在公司凑合一宿。

为了防止我再说什么，她找了新话题，说，对了，叔儿，刚去遛皮卡，发现小公园的门被拆了，物业几个大哥在说，正想找人把它弄掉，没想到昨夜有人翻栏杆，把门压坏了。

我埋头喝粥，想表现下惊奇，却连个"哦"字都不敢发出。皮卡抬头斜眼看我，多亏它不会说话，但它确实胖了，门一定是它压坏的。想起昨夜的那一幕，有点儿羞臊，我起身去看看手机电充好了没有，没忍住，还是点开了楚储的微信。

生气了？来自昨夜十一点。

十二点来了一条：我到家了，晚安。

早上八点，又问，今天见不见？还在生气？

我皱着眉打字回，不见了。我侄女来了，今天带她去看房子。

我不擅长置之不理，像被抠掉了这种技能，即便我真的想这样做也无法做到，真不争气。

放下手机，由衷为自己感到悲哀，突然想起妈妈说我过于善良这件事，为什么一定要做个通情达理、貌似宽厚的人？即便内心并不如此。是因为爱吗？还是因为别的什么？

怒火在我心头燃烧，然后我转身看向丁辛辛，口气无比坚定，我对她说，我陪你去看房。

她明显犹豫了下，但应该是怕我误会更深，最后还是点了点头。

我去浴室洗完澡，看着镜中的自己，竭力笑了笑。今天穿什么呢，昨天没准备，这真让人烦躁。我轻轻拍自己的脸，试图让水肿迅速消退，其实应该扇耳光才对，我的侄女，终于在我做了一个愚蠢的决定之后，下决心离我而去。

朋友们，爱当然要谈好的那些，坏的爱会让你对世界暴躁，会不断消耗你，让你觉得自己一无是处。

11

我不能放下的一切

对该爱的人和东西视而不见，
对错付的人心心念念，存有侥幸。

侄女和中介约在了小区门口，没地儿停车，并不出乎意料。我让丁辛辛下去，先跟对方会合，自己去找车位。

好不容易把车挤进一个车位（权且当它是吧），我赶紧下车往小区门口走。虽然有一定心理准备，但看着周边设施，还是有些失望。

去往小区大门这侧一层多是底商，构成一条街，说是胡乱开着各种店面并不过分。杂货店、川菜馆、熟食铺、水果摊、奶茶店、足疗按摩、干洗机构，等等，名字乱七八糟，都不是连锁品牌，彼此也没有逻辑，让人毫无头绪，更别提路面坑坑洼洼，各色共享单车歪七扭八或躺或站着，醉汉般挡在便道上，让人难以顺畅通行。

我赶时间去找丁辛辛，后边的汽车猛地按了喇叭，人被吓了一跳，差点儿骂出声来。匆忙躲开时，身后有更急促的刹车声，随后尖锐的喇叭一直被按响，外卖小哥险些撞到我，但丝毫没有歉意，反而瞪我一眼，开足马力绝尘而去，大概有人快饿死了需要他去救援。

天气真的暖了。到小区门口时，我后背已经被汗浸湿。丁辛辛和中介小哥手搭凉棚看着我，都被晒得龇牙咧嘴。

这小区大概有三十栋楼，都是塔楼，黑漆漆的，旧。中介介绍说，自如在这里有三十二户关联房，现在空房有五间，今天都可以看。又顺便普及说，我们不是中介哦，是管家，只是负责带你们看房，你们要在 App 上下单，一切都在线上完成哦。

不是中介就不是中介，线上就线上，哦什么哦。还声音上挑，略显油腻。我心里想着。天气让人这么难受，如果真能在线上就好了。

房租多少？我问。

三居和四居的单间均价在三千七到四千五之间，带单独卫生间的五千左右。中介并不热切，一副丰俭由人的样子，大概是种姿态。

到达第一个房子之前，我都在为房价咂舌，这里可是五环之外，谈不上什么地理位置。一旦真看到房子，这价格就更没有道理。仔细说来，连房子都不是，只是房间罢了。

第一户不甚理想，楼道里散发着常年不见阳光的霉味。客厅是朝西的，不开灯像陷入永夜之中。正冲门口，房东古旧的沙发和五斗橱正襟危坐，看上去油腻腻的，似乎仍被房东的灵魂占据，让人不敢近身。我转身叫丁辛辛出来，低声说，一般第一户都让看比较差的，先抑后扬是手段，只是为了促成客户下单。

往后看发现，我刚才自作聪明了。第二、第三户依次更差一些，让人不禁担心第一户已经是今天最好的房源。虽然经过中介公司的简单整修，被新刷了墙，统一布置了必备的家具，但怎么看还是有种摇摇欲坠之感。

到第四户，是窗明几净的样子，床和写字台都是全新的，更难得的是房间是朝南的，被改成了落地窗，直通阳台，等于多了一块区域。唯一遗憾的是没有独立的卫生间，我想着丁辛辛要和陌生人合租在一个三居或四居里，还要共用厕所，内心涌起一阵难过。在她说这个还行之后，我还是拉她出来，说，再看看，主要不知道和你合住的是什么人。

管家听见了，立刻解释说这个您放心，入住的人都是线上登记在册的，有职业描述和居住时长，可以随时看到。丁辛辛补充说，是，比如刚才咱们看到的第四套里，房间共四个，另外合租的三人分别从事 IT、设计和游戏行业，居住的时间分别为三十个月、十八个月和四个月。

三十个月，难以想象我在这里能住三十个月，我一定要越住越好。似乎在给自己鼓励，丁辛辛边走边说。有树影在她的脸上，旋即又变成白花花的光，让她睁不开眼睛。

温度继续上升，往第五处房间走要经过整个小区。时间已经接近中午，小区路面上我们的影子被晒短了，让人更感焦渴。我想买瓶水，四下却怎么都找不到便利店。

第五个房间比较奇特，是硬生生将客厅横截成两段，加了一道门。门内是门，应该是从套娃那里得到的装修灵感。更妙的是，客厅内的博古架上还真放着一个套娃，我不想进去，就在门口玩套娃。它们大小不同，假笑倒是如出一辙，让人觉得害怕。丁辛辛进去转了一圈，跟管家说，要不就订第四个吧。

我忙说不行，硬将她拽出来，发现她胳膊极瘦，现在汗涔涔的，让人分外心疼。

树荫下，我跟管家说都不大合适，要不我们找一天再看吧。当务之急，是买瓶水喝，我要渴死了。

小区过大，到南门入口像要经过一片沙漠，看过去热气升腾。

管家皱眉看着手机，想了一下，说，要不去隔壁小区再看一个？这是个独立卫浴的，还带阳台，两室中的一室，价格六千。

我恶意地想，他应该是安排好的，就等这五处都不达标之后才祭出撒手锏，消耗客户的耐心，只待致命一击。我立刻说好，带队转身向门口走，抽空看了眼丁辛辛，感觉一个上午她就被晒黑了，此刻双颊涨红，鬓角有汗，一双长腿也有点儿有气无力。

我到门口买了三瓶水，给了丁辛辛和管家一人一瓶，自己那瓶咕咚咕咚一口气喝完。突然注意到丁辛辛正在认真看我，想来是很难见到我如此狼狈。我把矿泉水瓶子捏扁，说再开车停车太慢了，我们扫个共享单车骑过去吧。

管家有电动车，前边带路。我和丁辛辛各骑一辆共享单车，难骑是肯定的，加上路旁没有一棵树，三人在烈日下向前，都有点儿心事重重。想着丁辛辛真要搬出去了，我有点儿理亏；但又想起几天前何美说的，我们年轻时来北京都空无一物无人帮助，又觉得自己的担心是多余的。要是没有我，这样的情景丁辛辛早就遭遇了也说不定。

据说这里离丁辛辛公司步行可达，但我刚才抽空看了下导航，要过天桥再走地下通道，步行也要十五分钟。天气将越来越热，沿途没有树，想着都很受罪。而骑车的话，因为要避开天桥绕路，竟要二十分钟。开车更怪，道路通畅也要二十五分钟，不禁感叹北京地形和道路规划的奇特。

这么想着，汗珠从后脖颈潺潺而下，后背湿得更透了。

第六处房间果然是两居室，门口叠着儿童的学步车、滑板车、小奔驰电动车，鞋架上有塑胶恐龙若干。开门的是一个男孩儿，大概五六岁。后边跟着他的父母，态度殷切。解释说孩子反正也不自己睡，就想把这个儿童房租出去。

房子的次卧确实是儿童房，地上铺着泡沫板，玩具乱扔了一地，但没有床，看起来目前是孩子的活动区域。丁辛辛在门口站着看，有点儿无处下脚。男主人说，可以进去看的，您要确定住，我们立刻把这里腾空，买个新床。

丁辛辛在门边不知所措。说，不用了，这样就能看见。

女主人略显迟疑，问我你们是两个人住？我说不，她自己住，这是我侄女。

哦，那看不出来，您还真年轻。

我无暇应对，正为自己一身臭汗自卑，也不好意思踩着鞋套进去，就伸头进去看看房子格局。这间真有独立的卫生间，装着电热水器，通风也不错。我说行，我们商量下，给您答复。

临出门时，男孩突然大哭起来，嘴巴张得极大，牙齿不错，嗓子眼儿很健康。当然，哭声也是。

他哭的大意是不想把自己的房间租出去，自己可以试着自己睡，不想跟别人一起住。男主人大声骂他，说你总是说话不算数，几岁了，还要跟我们睡一起？现在就是要把你的房间租出去给姐姐住，你没有资格要什么，因为你不遵守你的诺言，你活该。女主人则立刻骂回去，说你干吗吼他啊，他没准儿这次是认真的呢，你看果然吧，要失去了才觉得珍贵，乖娃，别哭了，多大了还哭。

我们三个不速之客讪讪地出门，谁也没有说话，在昏暗楼道中拥挤的各种儿童车型旁把鞋套一一摘掉，它们发出廉价塑料的声响，脆且微弱，在一家三口哭声、辩论声中可以忽略不计。

外边太阳很大，丁辛辛走在我身后，和管家商量说，我们再去第四户看看就做决定。她显得特别有耐心，像决心今天必须离开我，要找到容身之地。我假装没有听见，避免心中一跳一跳，有什么正在撞击着我，钝钝地疼。

管家说还在刚才的门口等我们，骑着电动车走了，大概是想留给我们俩商量的空间，便于获取一个确定的答案。

丁辛辛说，叔儿……我们再去看看那个第四户吧……我觉得那里还行……辛苦你了。语气更像是请求。

我说好。内心苦楚，觉得罪魁祸首是我，不敢看她。为了显得轻松，我强作欢快地补充说，不辛苦，当锻炼了，今天连走带骑也超过五公里了吧。

我拿手机对着共享单车扫码，车锁应声而开，抓住车把时觉得有什么不对，丁辛辛已经骑车到我右侧，应该可以看到我手正从车把上迅速挪开，但并不顺利。什么软软的东西粘在我的掌心，类似河蚌或蜗牛之类含有黏液的软体动物，但很遗憾，并不是这些可爱的东西。

随着我手的移动，数条白线如同扯面一般被拉出半米多高，温度增加了它的柔韧性，不用生活经验判断，凭手感大概可以知道什么在我手上，是的，车把上黏着一块巨大的被人咀嚼过很久的口香糖，或者三块。

现在它都在我手掌里了。妈的。

我放下车，几乎要将它踹倒在地，但当着丁辛辛的面，不好发作。我假装无事按上了车锁，急步往前走，试图把口香糖甩下来，但没那么容易。

丁辛辛跳下车，把车锁好，紧跟上来，忙不迭从包里掏纸巾给我。我接过来，纸巾显然不够，我胡乱地擦了，手中仍无比黏腻，泛起一阵恶心。我不看她，只说前边有便利店。径直向前走，脚步带着怒火，天气太热了，也不提前说。

我肯定是脸色不好，任谁都会吧。

在燥热、欺疚各种心思翻腾的饥肠辘辘的午后，我先行冲进便利店，到货架深处的日化用品区去买消毒湿巾。

　　幸运的是，货架深处一侧竟然有一个水龙头，打开水龙头洗手时，觉得自己刚才确实有点儿小题大做，这会让丁辛辛感到难过吧。此时店老板突然从柜台里站起来大喊，喂！那个水龙头不能用，下水坏了。他喊着，人几乎要冲过来。我只好关掉它，连说对不起，真没注意。再看脚下，果然下水处漾出脏东西来，几乎扑向我的鞋底。

　　我转身到货架去，差点儿撞到身后跟着的手足无措的丁辛辛。

　　买了消毒湿巾，我擦着手逃出便利店。身后的丁辛辛亦步亦趋，我怕她觉得不安，跟她说，没事儿啦，咱们快去那边跟管家会合吧。

　　丁辛辛的脸仍是红的，看着我擦手，眼睛里都是歉意。

　　我说真没事儿。我迈开步子往前先走，才三月末，怎么都算不上烈日当空，可我身体要被太阳烤焦了，一步也不想再停留。

　　走了几步，她人没跟上来，我只得停下脚步，回头看她。

　　丁辛辛眼泪正成串掉下来，没有发出声音，看我回头，她用手粗暴地将它们通通擦掉，像气急败坏的作者把稿纸揉成一团，扔进纸篓里去。

　　红头发的丁辛辛又凶又酷又聪明，不该当街痛哭的。

　　你这孩子……我竟脱口而出。

　　怎么还哭了？我声音变得温和。

　　听到我的问话，丁辛辛的泪泉涌一般，变得更多。她大踏步超过我，向前走去，肩膀微微颤抖，再用手臂将眼泪粗暴地擦掉，似乎怪它们太不听话，不该这个时间出现在这里。她的背影显得倔强，红头发的发尖湿了，随着她的步子颤动，她一定在骂自己不争气。

没有一丝风，手机在这个时候响了，微信来自楚储。

接上条我跟她吐露的今天要陪侄女看房的信息，她发来问题，侄女是住在你家了吗？

我按灭了手机，想把它扔进太阳里去。

是的，侄女住进了我家，但并未被我真的接纳，我对她敷衍、伪善、振振有词，要求太多，关心太少。偶尔对她好也只是良心发现，完全出于这样可以坦然面对和谅解自己。

我还嫌她弹琴难听。

我也就此承认，我对皮卡也不是出于真的喜欢，只是受控于养狗人的责任。我的狗、家里的绿植，甚至我貌似发自本能的写作，或许都不因为我爱这些。它们的存在有些基于机缘，大部分竟来自我自私浅薄的个人需要，是我建立的关于我的一部分。

一旦将这个假面撕下，我对雷悟，对何美，那些被我谓之友情的东西似乎也不那么纯粹，更像是在展现我的宽容、大度、怀旧、饱含深情，对一切不离不弃、没有怨言。

这么想当然偏激，但这一刻我分外恨自己。

今天丁辛辛的眼泪，洪水般冲垮了那个看起来扬扬自得的关于“我”的建筑，露出残垣断壁的丑陋之处。想起我在洗手间狂吐后站在镜前，对自己一字一句地说，你这个虚伪的人，对该爱的人和东西视而不见，对错付的人心心念念，存有侥幸。

那什么时候见？手机里，楚储似乎有了一丝急切。

我几乎要冷笑出声了。或许出于报复，我冷静地打字回复她，选了她和胜宇要去滑雪场的那天，我说，四月一日，我都有空。

至于她怎么回，我已经懒得知道了，现在我要赶紧快步追上丁辛辛。

和丁辛辛到大门口的时候，我变得非常坚定。我跟管家说，我们再回去想想，房子今天就不看了，非常谢谢你，辛苦了。

丁辛辛双眼通红，试图劝阻，她低声说：别啊。

我是在这个中午忽然成为真正的叔叔的，威严、粗暴，不容置疑，没得商量。

我跟她说，声音很大，几乎是怒吼：回家！

回我们的家！

12

我不能放下的一切

没有什么比一直担心一件事,
最后发现是白担心更令人开心的了。

到家后，我在洗手间待了挺久，洗澡，主要是洗手。别骂我矫情，余生面对共享单车我都会心存忌惮。

回来的路上，丁辛辛不哭了，只是眼睛肿肿的，脸颊潮红，妆全花了。因为隐形眼镜哭掉了，她只好重新戴上框架镜，看起来年纪更小。像个理科生，数学很好的样子。我这么说，故意开玩笑逗她，以图活跃气氛，她自然不想理我，但又被逗笑了，鼻子里打出一个泡来。我笑得更凶，空调的凉风使人慢慢平复下去，丁辛辛拿纸巾擦鼻子，让我专心开车。

我说多大了，怎么还当街哭鼻子呢。

我只是觉得你完全没有必要这样，如果不是因为我。丁辛辛声音很小，说完，扭头看向窗外，语言是眼泪的塞子，一经拔开，她又哭了起来。

我没再说话，她用手机连了蓝牙，大声放音乐，声音立刻充满了车厢，是那首林肯公园的 *Lying From You*，嘶吼着诉说什么，像在你耳边大声告诉你来看看这个世界。她喜欢这样的东西，这大大超出我的想象，我听她在自己房间放音乐，但其实从来不知道她听的是谁的歌，现在知道了，幸亏还不晚。

在浴室里想起丁辛辛倔强的后脑勺，心里涌起一阵酸楚，莫名有点儿想掉泪。或许是想起了当年的自己。那也是这样的季节，突然热起来了的春日午后，忘了怎么要去一个前辈家里取他不要的沙发，也忘了是从哪里找了辆平板三轮车，和前辈把沙发抬下电梯，装上三轮车之后，我已经汗流浃背。

他说，路上慢点，可你坐哪里呢？我说，坐沙发上啊。前辈在楼道门口冲我挥手，我说完再见，便将头扭向另外一边，和今天丁辛辛的姿势一样。三轮很慢，好久才拐过路口。前辈一直看着我转过街角，才转身回到楼道里去。

忘了当时的心情，或许因为终于拥有了一个九成新的沙发很开心也说不定。但现在想起来那个画面多少有点儿心酸，只记得树影在身上匆匆踩过，路边的人和车上的人都看向我，我竟不以为意。

现在回忆起来，那画面已是二十年前的北京，并不浪漫，也不伤感，像是我必须经过的，又恍如隔世一般，有点儿难以确定是否真的发生过。可若当年这副样子被我妈看到，应该会号啕大哭吧，就像今天看着侄女的我。

你这孩子……我想起今天我脱口而出的那句话。

洗完澡换了干净的衣服，心情和身体都终于舒服了些。我去敲了丁辛辛的门，克制住殷勤地说，今天给你接风。她开门问，那天不是接过了吗？她鼻腔空空的，应该是刚才哭得太狠，声音还没恢复。

那天不算。我说。今天是正式的。

我必须认真地重新欢迎她。事后证明，这不是个好决定。

门铃响了，外卖小哥送来了肉馅和白菜，顺带还有擀好的饺子皮。拙手笨脚的我是怎么想出这个主意的？应该是刚才想起了我妈的缘故。

刚才是想起她，现在是很想她。

每年离开家的时候，我妈总是包饺子。"起身饺子落身面"是北方的说法，全北方应该只有我妈当真，并将其变成仪式和铁律。动身离家这天早上必然睡不好，会被她的剁馅儿声吵醒。我头发乱七八糟地起来，就被她追问想吃什么馅儿，说"都可以"是最不好的答案，因为她会做两种甚至更多。临走时还要装满满一保鲜盒，我说那就不要韭菜的，否则上了火车味道四散，难以对同行乘客交代。

妈妈永远精神饱满充满斗志，对儿子的爱那么正当不容任何人耽误，她横冲直撞，杀入菜场，挑选最好的肉。剁馅儿这事儿绝不让摊主代劳，怕他们不卫生，或者只是不够认真。白菜被她细心嗅过，当天清晨新鲜拔出的为最佳，不可以有任何卷边儿，每片菜叶都要娇嫩欲滴。

她爱孩子时，目光锐利，气势如虹，不可阻挡。

如今我在开放式厨房里剁白菜，有我妈的气势，无奈砧板太小，不能双刀齐下，当然我也只有一把刀。丁辛去浴室洗澡，小音箱被她带了进去，遮住了水声。等她出来时，我正在费力地挤干白菜里的水，没有纱布，因陋就简，我用带孔的一次性垃圾袋替代，竟然非常好用，让我很是得意。

肉七分，白菜三分，花椒水要温火熬煮，再等它凉掉，然后和着老抽、香油、五香粉少许倒入肉馅儿当中，顺时针搅拌，让它们充分融合，变得黏稠。别的都还好，等着花椒水凉掉分外考验耐心，而加盐则像要发起一场对输赢完全没有把握的战争，令人心惊胆战。想着妈妈是嗅一嗅就知道味道合适与否，原来只觉得神奇，现在想来，经验的累积竟来自她想让孩子再多吃一顿的迫切和经历过的太多离别，真是让人难过。

肉馅儿调好，将白面撒在案板上，饺子皮分开，坐在桌前的我已然变成了鹰一般目光炯炯的我妈。手机自然是无暇去看，写作什么的更变成遥远的事，而今我只是对不起丁辛辛的叔叔，要用戴罪之身包好一顿饺子的我。

锅里的水正在烧开，发出不规则的"噗噗"之声，像在击鼓催促。做饭是统筹学，包饺子更是方程式一般。人一旦陷入具体细节，会变得平心静气。我感叹自己在这张桌上写字、画画、喝酒，醉得不成人样，说些乱七八糟的话，现在竟变成在这里心无旁骛包饺子的家伙，我冲着侄女傻笑，她不明就里，尖刻的我为何经过一个白天变得如此温柔和煦，她估计还在适应当中。

把馅儿放入，不能太多，也不能太少，用筷子按压留出边界，再用双手用力捏住，力道要均衡，太浅无法包住，太用力则容易把馅儿挤出，战战兢兢包了三个，我似乎摸到了门道，后边就更顺利一些。

丁辛辛坐过来时，已经包了二十多个，眼看皮儿还剩十五六个，加上我弄坏的，感觉总量不够，不够吃可不行，我立刻下单，又叫了一袋饺子皮来。

这个还挺像奶奶包的。丁辛辛指着其中一个说。又指着另一个说，不过，这个是爷爷的手法。

我自己没发现，原来耳濡目染，我其实早就学会了。

此时丁辛辛翘着手指，正在和一个饺子对战。显然馅儿放多了，边缘有点儿不够，她用筷子取下一点儿馅儿料，再用手去捏，馅儿溢出的部分让饺子皮难以合上，她有些气愤，用了另外一张饺子皮，将它们缝合在一起，变成一个元宝形的怪东西。

这个我自己吃。丁辛辛用手擦脸，脸上留下面粉的痕迹。

那肯定只能你吃。我毫不留情。

我现在就祈祷一个都不要坏。我接着说。

丁辛辛笑了，说，叔儿，其实我一直不知道，为什么包饺子必须不能坏，坏一个又怎么了？

我确实没想过这个问题，但也记得每次我妈看到饺子坏掉一个大惊失色的样子。或者完全没坏，一家人在吃，她终于坐下，问好吃吗？然后会说，一个没坏。像心中巨石落地一般。

大概是一旦有一个坏了，就会显示出各个环节的失败，因为你知道，奶奶可不会买这些别人擀好的饺子皮，要自己和面的。我说。

应该是这样的吧，任何破掉的饺子都是流程上的失守，需要复盘。

那我们今天就要突破下，看看能破几个。丁辛辛说完有点儿破罐破摔，继续动手，我拗不过她，索性任她继续。

皮卡在自己的小沙发上甜睡，我和丁辛辛包好三十五个饺子时，第二波饺子皮才送来，还剩不少馅儿。

腾出桌面，嘴里念着"三滚饺子两滚面"，类似一种咒语，我和丁辛辛面对锅内沸了的水，将饺子一一下进锅内。几滴水溅出锅来，两人同时尖叫。

奶奶说了，要用笊篱背，不然饺子会破！丁辛辛在旁边叫着，端着凉水杯不断提醒我。等锅内浮沫再度滚到边缘时，我拿着笊篱躲开，丁辛辛把水倒下去，压住锅内局势，连声尖叫。煮个饺子罢了，搞得像混合双打。

不过叔侄二人配合得不错。

跟你煮饺子太费耳朵了。我跟丁辛辛说。让自己尽量保持稳重，有大将之风，我是叔叔，不能惊慌。然后勒令丁辛辛回到餐桌，准备好吃就行。

三滚之后，饺子浮起，我将它们捞出，分成两盘，特意将那元宝形的捞入自己盘中。拨开雾气，我看向锅内，汤底仍是白的。

一个没破！我大声对丁辛辛说。此刻我终于明白了，不破的喜悦其实无关流程，是油然生出的一种微妙的胜利感，没有什么比一直担心一件事，最后发现是白担心更令人开心的了。

我竟然突然理解了妈妈的喜悦。

我从冰箱拿了两罐黑啤，打开，分给丁辛辛一杯，灯下呈琥珀色，向上冒着气泡。我拿起啤酒，跟丁辛辛认真地说，房子就先不看了，这里就是你家。

我发自内心，有点儿急于表达，算是为今天的事情做个总结。

怕她反对，我紧接着说，侄女，来，欢迎你。

想来觉得争取无用，或者内心真的放松下来，丁辛辛和我碰杯，剩下的时间变得轻松。争抢她包的那个饺子时，恍若回到她刚刚会说话，我逗弄她抢她零食的时光。饺子包得成功，竟有七分妈妈的味道，但少了什么，我俩却都说不出来。

再度碰杯时，我跟丁辛辛说，希望她能除了工作，还得生活，人长大不只是为了上班的，她点头称是。就差说出让她不要乱谈恋爱之类的话，又怕管得太多，把她再次吓跑。我一旦摆正自己是叔叔的位置，竟开始语重心长。

饺子快吃完的时候，我给妈妈拨了视频电话，画面里，爸爸在沙发上半躺着，冲我们挥手致意。妈妈头发花白，说自己正在看连续剧，我说你声音怎么哑了，她说没事儿，不理这茬儿，只顾拨自己的头发，说哎呀你看，太忙了好久没染了，我变成了老太太。爱美又利落，妈妈一切如常。我把我和丁辛辛放在镜头里，连同剩下的饺子，说我们俩今天包饺子了，非常成功。

妈妈说真好，眼睛里透露着欣慰，后来竟长叹了一口气，像我们终于长大，再也不需要她，或者自己再无用武之地。我忙说不管怎么做就是差一种味道，但不知道是什么，总之是差一点儿呢。

　　她说，能做就是好的，不要老吃外卖，对身体不好。又问丁辛辛工作顺利吗？她将目光转向她，丁辛辛当然说一切都好。

　　放下电话，用剩下的皮儿包了馄饨，这个丁辛辛倒是拿手，不像我的，鼓鼓囊囊不成样子。最后还剩下二十多个饺子皮，索性把它们切开，再抻成长条，桌上铺上厨房用纸，撒些面粉，将它们一一排好。

　　丁辛辛问这是要干什么，我说，奶奶最不喜欢浪费，尤其是米面之类的，我有样学样，把这个做成干面皮得了。

　　侄女的手机被高高举起，镜头里是我们俩的笑脸，脸颊上都是面粉，而我系着围裙，因为都喝了酒，两人脸色通红。拍完照，丁辛辛检查照片，她低头，突然说，刚才你煮饺子的时候，又像爷爷，又像我爸。

　　房间里瞬间充满了乡愁，我赶紧说，哎呀我得下去遛狗了。

　　丁辛辛说，我吃多了，必须走走。也跟了下来。

　　我们仨在小区里走了一圈，很默契地到了已经没有铁栅栏的小公园那里，把皮卡放开，任它上蹿下跳。

　　丁辛辛到秋千那里坐下，双脚用力蹬地，晃来晃去。我过去推她，秋千荡得更高，丁辛辛发出小声的欢呼，皮卡跟着跑来跑去，试图咬住丁辛辛的脚。

　　想起丁辛辛小时候，老家楼下也有个小的秋千，她很怕高，我环抱住她，硬坐上秋千，双脚略微施力，秋千摆荡起来，她立刻在我耳畔求饶，小小一个紧紧挂在我的脖子上，像个树袋熊。不一会儿就适应了，笑声成串响起，不断地说，叔叔，再高一点儿。

现在她突然长大，似乎完全不需要我保护，只把担心留给了我。

看着她，我突然说，也不知道你每天都在想些什么，你突然就这么大了。

丁辛辛轻轻晃着，没有看我，说，其实我早都长大了，只是你们都不愿意承认吧。我爸和我妈离婚的事儿其实我早就知道，但既然他们不说，我也就不提了。

我大惊失色，手上收了力气，丁辛辛用脚轻轻点地，停住了秋千，接着说，终究是志趣不同，我爸多居家啊，妈妈还总想看看外边的世界，她生我生得早了些。有点儿可惜。

像说别人的事，她异常平静，说，大二暑假要结束的时候，有天早上，我还在赖床，妈妈突然抱着枕头跑过来，挤上床非要跟我睡。我正困，脾气不好，她在我耳边叨叨，说卧室窗外有棵树，正哗啦啦往下掉叶子。然后认真地跟我说，妈妈不想那么早就哗啦啦掉叶子，还想去外边看看呢。我假装睡着，其实我都听进去了。妈妈不想这样过下去，我能理解。爸爸妈妈两个很好的人，只是没法儿一起继续生活，挺正常的。

我内心如被锤击，却怎么也想不起哥哥有什么爱好，他是在什么时候变成这样一副本分勤恳的样子的呢？似乎天生是来做哥哥、做父亲、做儿子一般。

所以你要慎重，选择什么人，就是选择了什么样的生活。我说。

丁辛辛说，跟开盲盒一样，谁知道呢。不过现在谁还谈恋爱呢，成本又高，又容易受伤，也不是怕受伤，就是怕麻烦，看看剧、听听歌、嗑嗑CP不好吗？

看我惊讶，她又笑了，说，也没有啦，内心还是有渴望的，只是大家都过于爱自己了，很难迁就别人。工作又忙，说躺平和摆烂，那都是气话，竞争这么激烈，谁敢真躺平啊。

不好的恋爱，不如不谈。我还是禁不住提醒她，但也只能说到这里。

放心，暂时什么都没有。我的心啊，都在事业上。丁辛辛再度启动秋千，双脚冲向天空，咯咯笑了起来，声音似乎还是当年的那个小女孩。

往回走时路过铁门，我冲动之下几乎要跟她讲出昨天发生的事，后来想想还是算了，场面过于滑稽，我可不想承认。

睡前，楚储发来微信说，我一号不行，二号可以，你呢？

我内心感到悲伤，再度确认那条微信是真的，他们时间已然确定，悬念不再是悬念，饺子皮终将破掉，难以视而不见。我只好说，那再看吧。希望她能感受到我的失望，但她后来输入了很久，最终没有再说什么。

这一夜睡得不好，总有什么声音在窸窸窣窣，脑海中还尽是丁辛辛哭的画面，不知道她为什么那么委屈，哭得一抽一抽，连呼吸似乎都不够用，比白天时还悲痛些。梦里的我在她身旁束手无策，只一味让她别哭。诡异的是，梦里那个我竟是二十多岁和她一样大的我。

有没有发现，回忆也罢梦也罢，竟然都是第三视角的，像冥冥中真有什么在记录一样，让人不敢细想。

不过，和侄女真正开始有交流是今天发生的最好的事，可以抵消一切不快。

13

我不能放下的一切

美人都不用看书，看自己就好了。

　　早上醒来时收到了妈妈的微信，是凌晨四点发的，内容是，你说的少那一味，是不是没有放豆瓣酱？

　　当年妈妈为了方便跟我联系，艰难地学会了用微信。一开始发语音时总用普通话，似乎怕不用普通话系统不给发送，后来竟然学会了手写，说这样不会打扰到我，大概是听我说过发语音浪费别人时间之类吐槽的话。

　　想着她凌晨醒来，辗转难眠，借着手机的微光一笔一画写出"豆瓣酱"这样复杂的字，心里很难受，只得从另一个角度宽慰自己，她能想起这事儿，应该这段时间病情较为平稳。

　　到书桌前看，昨天晾的面皮都已弓起了腰，个个精神抖擞，原来昨夜听到的声音竟是它们在甩脱水分伏地挺身。北京干燥，春天尤甚。周三了，我拿起喷壶来给绿植浇水，皮卡已经从丁辛辛房间出来，见我没有出去的意思，原地跳了几跳。我说等会儿吧。别吵，你姐姐还没起床。

　　我竟然立刻改了口，且语气温柔。

　　我遛狗回来时，丁辛辛正旋风般准备出门。穿得乱七八糟，餐桌上的面皮被她推到一旁，留出吃饭的空间。盘子里有两个煎鸡蛋、一片吐司面包。她说是给我留的，但盘子就拜托了，帮她一并洗下。我没来得及喊出我从来不吃煎鸡蛋，她已经跑出门去，拖鞋一正一反，一只还在微微晃动。她房间的门虚掩着，被子自然是没叠，化妆用的东西又集体自杀般站立在峭壁之上，让人胆战心惊。

而洗手间内，情况更是让人生气，可以看出时间急迫，像人没擦身体就冲出来，地面上的水渍都冲着门的方向。

丁辛辛！我内心怒吼。

煎鸡蛋我是吃掉了，但刷盘子时我单方面宣布，我和丁辛辛的情感连接重新建立或许是种错觉，我的那些舐犊情深以及丁辛辛的示弱和求和，或许属于共同面对难题时的某种应激反应，不能算数。

下午四点，我按照尊姐微信里给的地址到了北三环某个艺术馆的楼下。说是艺术馆，外观更像办公楼，土里土气的样子。

楼下竟有保安值班，问明来意，让我去做登记，凭身份证才能喝茶，这让艺术馆茶室更加神秘，至少看起来它并不欢迎任何人。

尊姐上午打来电话时，我正在从水槽里挖出丁辛辛的红头发，看起来我亲爱的侄女工作压力不小。尊姐说长话短说，有个投资方看了我之前写的东西，分外想见我，说手头有个项目看起来很适合我，让我把握这次机会。

她并没有长话短说，像机会只有这最后一次了，要看我的表现。她不断叮嘱我说，你说话可注意点，不要太高傲，老是一副犀利的样子。我说我没有吧，只是相对准确。她说准确就是刻薄，你说"我没有吧"的时候烦人。人家时间可紧迫，好不容易才约到今天下午四点，地址我马上发给你。那里是个艺术馆，美轮美奂，兼带茶室，方便停车。你洗个头。

我没来得及告诉她，我戴帽子是造型，不是因为没洗头发。

到了四楼，有穿黑西装的男人上来迎我，应该是艺术馆的前台，只是身形过大，看起来可以兼作保安。听说我去茶室立刻没了兴趣，将我交接给另一个穿中式服装的男生。我发微信给尊姐，她立刻回了，说出来接我。

尊姐黑瘦，脸上有精华用多了之嫌，透着一种奇异的富贵的光亮。她亲昵地拍我肩膀，嫌我又戴了帽子，说这样你智慧的额头就看不见了。我说智慧还是藏着点好。

哈哈笑着，两人走进长廊，地板吱吱呀呀，颇有几分当日和雷悟见仙姑的阵势，我说这儿看起来不太像喝茶的地方，像算命的。尊姐笑着更正说，是开会！我说，我们这行业，开会就是算命。

茶室门被服务员推开，里边空间倒也开阔，斜对门一方长桌，站起来三个人，都不认识。尊姐介绍说，我们的大作家来了，来认识一下。这位是赵总，你可以叫她琳达。

琳达长发如缎，青春被强行按在脸上，看不到一丝皱褶，不知怎么，还是能看出年纪不小。她五官似乎被什么锁住了，动弹不得，想来应该是在对我笑，我领会到精神，点头向她致意。

另两位中年长一点儿的，被尊姐介绍说是制片人，年龄略大，气质优雅，没有美容过分的痕迹，倒显得自然。

尊姐继续往下介绍，说这位是琳达的女儿，才二十一，可是伯克利的高才生，专修音乐。这位少女装扮，年纪确实很小，穿收腰紫色毛衣，梳丸子头，眼线、眉毛、嘴唇都画得过重了，不配年龄，透着不够自信。

投资人带着女儿来，想做什么已经很清楚了。

我放下包，说大家先坐，我去上个厕所。

本来有历险般的心情，现在权且当作逛游乐园。我几乎可以预见今天应该会鸡同鸭讲，门算是白出了。但还是打定主意，样子总是要做一下，免得尊姐说我高傲。

我借机在四楼走了一圈，没发现什么艺术品，不知道艺术馆的名头从何而来。中间大的空间被装饰成原木质地，配上绿萝之类的，更像是个廉价奶茶店或者民宿，画风令人迷惑。

回到茶室后大家开始聊天。琳达一开场表达了自己对艺术的爱，虽然不得要领，态度倒是恳切。茶室墙上挂着字画，一侧也有博古架，放着一些杯盏碗碟，肯定是想做出古色古香的气质，但不知哪里不对，总有些不伦不类。

琳达讲到自己从小学芭蕾之后，似乎忘了什么重点，只好倒回去重讲。这让尊姐找到气口，借着可乘之机赶紧介绍我。比如第一本书就加印十次，第二本也卖得很好，文字犀利幽默，不可多得，现在正在写新的小说，等等。后来又说，当然，他也是半路出家，之前在大影视公司做总裁。我连忙打断尊姐，认为这些经历只是经历，大可不讲，没有必要，现在我只是普通创作者一名，我这样的，朝阳区咖啡馆里都坐满了。尊姐说，别瞎谦虚，那你也是最了解市场的创作者了。

我说真不是谦虚，这行业日新月异，有时候我真看不懂了。

怕琳达继续介绍自己的艺术生涯，尊姐又赶紧说赵总现在对电影相当热爱，准备投身于此，就看看你有什么好故事。

我笑说爱电影看就好了，这行业不好干，十赌九输，没有必要亲自下场。

玩笑话里总有几分认真，我真是这么想的。尊姐打圆场哈哈怪笑，说你这人总是这么犀利，乱开玩笑，就因为不好干，所以才前赴后继啊。要不你把现在写的小说给大家讲讲？

讲自己小说很怪，还是等我写好了一并交给大家看得了。我说完，把球踢给琳达，要不赵总说说自己的想法吧，茶室选得这么好，一看就品位不俗。

尊姐在桌子下踢了我一脚。

琳达眉目低垂，我猜的，因为她眼睛周边不怎么能动，妆又过厚，我只能大概意会她的表情。终于拿回发言权，她竟有三分羞涩，或许我猜错了。她说我不是那种望女成凤的妈妈，孩子都是散养的，所以她们都没有骄娇二气。

她终于说到了重点。

为了节省大家时间，容我将琳达的长篇谈话内容整理一下。大意是琳达自己很优秀，但绝不溺爱孩子，散养女儿，从不鸡娃。不过优秀总是有传承的，她大女儿学习成绩优异，永远不用操心，最后在哈佛学金融，看样子是回不来了，也只能随她去吧。偏偏老二，就是身边这个，数学不好，四则运算总是学不会，当时觉得大概是个废人也说不定。谁知她竟通音律，后来背着自己考上了伯克利音乐学院。歌嘛，是每天至少能写一首，目前作品储备有一百多首了，不想让她签那些大的音乐公司，也不想让她去参加什么选秀，避免被娱乐圈大染缸污染，就想着看看是不是能把这些音乐用用，做个电影拍拍，钱反正是有的，当然光靠自己也不行，还有一些投资的朋友，都持币等着，很是热切呢。

琳达最后补充说，但你别觉得我是为了捧她，我是觉得那些歌放着可惜了，她演不演不打紧的。

我说这一代内卷得真厉害啊。

琳达说是啊，都这么优秀，那些普通女孩子可怎么活哦。

写歌一百多首的女儿坐在琳达身边，表情略微尴尬，但也没有机会否认。我想着她一百多首歌只需要写一百多天，不禁为自己的创作进度感到忧虑。继而又想到了丁辛辛，要扫街拍摄宠物视频帮柴犬铲屎的侄女和数学不好但音乐天赋极强的同龄女生，仿若活在平行世界。

想着丁辛辛条件普通地长大，未被刻意要求，还自己找到了想做的事情，哪怕是临时的，真心为她果决坚定感到欣慰。尊姐见我走神儿，咳嗽了两声。我赶紧收回思绪，想着如何接茬儿。

电影当然不是想拍就拍，音乐放进电影里也是个复杂冗长的过程，要这么说实话大概尊姐又会骂我高傲，但不这么讲似乎又很难普及更多常识。琳达下单一般讲出要做电影之类的话让我多少有些绝望，感觉我再多应承一句，就要拿着笔到别人家客厅里的美人榻前等着给人写自传，且对方吃着葡萄，眼睛不带抬一下，态度固然谦和，做法却相当傲慢。

我说我时间不多，最近正在写新的小说。琳达对我写什么不感兴趣，只好奇现在还有人读小说吗？她那个时代都不读了，舞蹈学院文艺青年不要太多，但也觉得读书是苦差事。小说太长了，看不进去的。

我说美人都不用看书，看自己就好了。大家哈哈大笑，都当成是玩笑话了。

笑完之后，琳达正色跟我说，那你何必写小说呢，写剧本啊。年轻人赚钱要紧。

我说，我也不年轻了啊赵总。

尊姐瞪我，目光如箭。

时间过得很慢，茶已经喝过几轮，再续就有点儿不尊重茶了。尊姐有点儿着急时，我终于开口，我说我如果非要写，我倒是想写一对母女的故事。比如，父母离婚，父亲带着两个女儿出国，十五年间基本无音信。后来大女儿嫁给外国人，小女儿叛逆期学了音乐和父亲发生严重冲突，负气独自回国，不得不回到十五年没见的母亲身边。这个母亲一定不能过得太好，对于突然回来的女儿也并不适应，而女儿则对中国的传统文化及正在发生的新的一切感到陌生，这段经历也让她重新看待爱、音乐、母亲和亲情。

尊姐和制片人都喜欢这个故事，当即鼓了掌。

琳达中间插了一句说，我确实离婚了。音乐女孩跟着笑了两声，说怎么还突然击中我妈心事了，你会算命吗？我说，离婚又有钱，那是好事，多好的命。女孩跟着又笑，说这理念是对的。

我说到兴起，说可以把故事设定在中国南方的三线城市，有独特风貌和美食美景，比如顺德。剧中的母亲年轻时也可以是个爱音乐的人，现在放弃梦想，开了餐厅。餐厅里的大厨伙计如果曾经是乐队成员的话，两代爱音乐的人会聚在此，就更好看了。

音乐女孩觉得兴奋，跟琳达说，你们那一代可以选的音乐太多了。我说是啊，八十年代，世界音乐都在黄金时期。

琳达皱眉（或许是）说，听起来不怎么卖钱的样子……

又问，那有没有男主角？流量明星要不要用？小鲜肉还是有票房的，我们看戏，还是看人的，有名气容易宣传，包场我们也不怕的……

话题被扔在荒原之上，我看了看表，再聊就到晚饭时间了。我刚才很饿，现在却毫无食欲。目光求助尊姐，尊姐说，这个故事我觉得还是挺有嚼头的，切合时代，看点也有，大家可以深入想想。

　　琳达却跳过了剧情，聊到了电影上映，说可以包场的人很多，我的这些叔叔伯伯，生日礼物都送不少的，换成包场就好了啊。丁作家你饿不饿，我们在附近找个餐馆吃个饭吧，还可以再详细聊聊。

　　我说不行不行，晚上我还有小说要写，我是法定工作时间写作的人，写得又慢，不像您女儿可以一天一首，我没有天赋，只好勤奋。今天开会没写，现在我得回去写了。

　　饭总是要吃的啊。琳达坚持说。

　　稿也总是要写。我坚持起身，一身冷汗之下，我的智慧显现出来了。说完起身离开时，琳达说，那你什么时候给出一个提纲吧，大作家。

　　我说，行行行，好好好。

　　尊姐起身送我，到电梯口，看我脸色不好，明知故问说，怎么样？

　　我说，行行好。

　　尊姐说，让你吃个饭也不赏个脸，在哪里吃不是吃。

　　我说，真没这个必要。

　　尊姐急了，一语双关，说，我看你还是不饿。

　　我说，确实不饿。尊姐，我觉得，咱们不是什么人找来都得见一见的。

　　尊姐明显不高兴了，嘴上也不饶人，说，你以为自己真那么好推吗？现在什么时代了。你随便给她写个提纲呗，什么钱不是挣呢？

我语气平静地说，也不是什么钱都能挣的。内心几乎在哀号，想迅速逃开，一刻不想停留。

电梯门关上前，尊姐说，写不写随你吧，反正你现在什么情况你比我更清楚，我尽力了。

她皮肤透亮，嘴角泛起礼貌的笑意，像是笑，在电梯轿厢光的映衬下，简直是一种哀悼。

哀悼什么呢？我所谓的理想和一击即碎的高傲吗？

快步走出来时，我的胸口像被堵住了，哽在那里，不上不下。我点了一根烟，蹲在三环的路边，看着滚滚车流，刚抽一口，有什么东西从胃里涌上来，烟还没来得及掐灭，人已冲到路边的垃圾桶，哇哇吐了起来。

胃中什么都没有，口水、眼泪、鼻涕却借此肆意横流。什么是沟通成本？这就是。

应该是刚才茶喝太多了。我宽慰自己，从包里掏出纸巾，擦掉脸上嘴角的东西，像个失智老人。

这一吐倒让我立刻清醒过来，成年人对自己最重要的照料，是难受时自己懂得拍拍自己，更是——尽量避免让自己难受。

辅路上一辆奔驰商务车从我面前缓缓驶过，然后戛然停下。车窗里露出个脑袋，声音异常兴奋：丁本牧，我看着像你，没想到真是。

被李子聪拉到饭局上绝非我所愿，但一来无处可去，二来他过于热情，想着去喝个酒也无所谓。随便哪里，随便干点什么，我只知道现在我内心烂泥一般，决计不能回家。

李子聪是我发小，也在影视行业。他先做艺人经纪，后来也参与内容制作，拍些网大或者剧集之类，兼做投资。到北京后我们一直保持联系，只是随着我工作的变更关系忽远忽近，我在业界颇有声望时和转型当作家直至突然辞职后亲密程度各有不同。

你需要帮助时四顾无人，无须帮助时身边却人满为患。行业跟红顶白，本就势利，我都能理解。因为有小时候的情谊，这些微妙间隙可以忽略不计，何况今天不是他更需要我。现在看来，他在三环路边捡到落寞的我无异于一种搭救。

我急于求醉，迫切想吐出真的东西，那些身体里沉郁浓稠、无法言说的部分让我比刚才更难过。

我们在三环掉头，挤过晚高峰的国贸，到达一家粤菜馆的时候已经快八点。圆桌上坐着七八个人，都不大认识，但名字都听起来耳熟。李子聪把他们一一介绍给我，以某总或某哥开场，当然，具体情况我一概是没记住。

我创作后深居简出，这样的场合较少参加。被李子聪挨个儿再介绍一次，之前我的头衔自然说得都不准确，书名更是完全不对，我也只是应着，不多申辩，避免彼此尴尬，内心可能也怕他人追问，饭局需要赶紧往下进行。毕竟，年轻时社交，不如跳舞，年长了社交，不如喝酒。

酒是茅台，我不喜欢，但也不算难入喉，每口下去，热线从喉咙直抵腹腔，感受奇妙。

我作为蹭饭的前来，无意成为焦点，绝不多言。在大家举杯时举杯，有人来敬酒时就一饮而尽。酒过三巡，已然有些微醉。

再抬头时，饭桌上到了光说不吃，用举杯填补场上空白的时间。众人三三两两，捉对长谈，分外恳切。被对面的人叫到名字时，我正跟子聪说起侄女住在我家，诸多不便。他惊呼当时我们还在老家，侄女刚刚出生，他好像还抱过她。我拿出昨夜合影，跟他说，时间飞快，岁月疾行，当日的小婴儿现在已经会包饺子了。

对面的人比我喝得多，似乎更醉，拿着酒走过来说，大作家，我刚才失敬了，我把咱们刚才拍的合影发了朋友圈，点赞的女孩竟认识你，说爱你的作品，要向你表白。来，我先表白，喝一杯。

李子聪是了解我的，现在要去送一个提前走的，起身离开前捏捏我的肩膀，示意我从善如流。

我只好起身喝了一杯，话题却围绕我就此开始，到有人在网上搜我写过的金句并大声朗诵时，已经一发不可收拾。我大窘，举杯说求大家了，咱们聊点别的，继续喝酒吧。放下杯，却发现刚才和我喝酒的大哥坐在李子聪的位置，正呆呆看着我手机里我和丁辛辛的照片。

你女朋友？这么年轻？大哥奇怪地笑着看我，口齿已不清晰，但意思却很明显，大概觉得年龄有些悬殊，我有老牛吃嫩草之嫌。

长得不错。他边笑边说。

是我侄女。我说完，拿过来手机按熄屏幕。

就是脸有点儿长。大哥又补了一句。可惜了。

她也不是演员，我冷声说，不用评价！

我已非常生气，暂时不便发作，毕竟他喝了酒。但不明就里的情况下误判他人关系非常不礼貌，擅自评价女孩的长相更加令人气愤。

呦，还生气了，作家果然是心思细密。大哥闭着眼睛大声说，我向您赔罪，我干一个。你不能喝别喝啊。

我说，不用了。

那我就再喝一个，你这可算是看不起我了啊。大哥显然有点儿耗上我了，自己又喝掉一杯。

刚才那个点赞的姑娘我追了好久都没追上，原来爱着你呢。大哥说着，又给自己倒一杯。我举目四顾，大家已经各有各聊，李子聪人完全不见踪影。

大哥说，那这样，你喝一杯，我喝三杯，这样划算，你行吗？

他靠我更近，酒气喷在我的脸上，令人窒息。

我只得应战，说，那你可得说话算话。

然后我把桌上两个分酒器拿来，满满倒上，自己拿了其中一个，咕咚咕咚灌了下去。把另一个推给大哥，定睛看着他。

拼酒不对，请勿模仿。

大哥当然不能示弱，将三个分酒器集中起来，这时桌上众人的目光全部聚焦在此，大家不知道原因，但看到大哥突然要连冲三壶，不禁叫好。

大哥晃晃悠悠站起，端起其中一壶，遗憾的是，他的胖脸和身体融为一体，别说喉结，连脖子都看不见。说是喝酒，看起来更像吞咽。他三壶终于喝完，人坐下时已经面无人色。

李子聪此刻回来，感受到气氛不对，随口问聊什么呢。我没说话，大哥却突然惊醒一般。开始不断道歉，说刚才是他失言了，说错了话，让我介意了。听起来是向我认错，更像陈述我小题大做。他声音越来越大，人越来越激动，最后变得气急败坏。

他几乎涕泪横流，说刚才他误以为我侄女是我女朋友，还说了我侄女脸长。不过他只是站在选演员的角度，说他最近有点儿疯癫，正在建组筹备一个新戏，不大顺利，找不到合适的女主。大家可以看看啊，他侄女真的长得不错，就是脸长了，有些不大上镜啊。现在我向你道歉啊大作家。

我脸色越来越不好，分外尴尬。现在总不能拿出侄女照片来让大家品评一下吧。李子聪那边拉住大哥，这边安抚着我，拉住那人说他车到了，让他早点回去。大哥却不依不饶，到门口再度发作，几乎是骂了起来，脸长怎么了？脸长也可以好看啊，你那么介意，就是说你自己觉得你侄女脸长不好看咯？

我冲了过去，直接一脚踢在大哥的肚子上，再挥拳过去。

打人不对，就先不意淫了。真实情况是我什么也没做，默默收拾好东西，起身出门。

我从来没打过架，青春期也没有，这很遗憾。现在，我还是没有机会成为别人眼中喝二两黄汤就犯浑蛋散德行的中年人，我以为这是我和对方的区别，但现在宁可没有。

李子聪跟了出来，说替大哥道歉，人家也没有什么恶意。

怎么算有恶意呢？我的手还在发抖，酒劲儿上来，说话连不成句。

包厢里边传来杯子碎裂之声，大哥嘴里在骂，声音模糊成一片，真他妈的，他算哪门子作家？！拉着个脸给谁看呢？！

李子聪执意送我，司机将车门徐徐打开。车内篷顶上有星星灯，一闪一闪，我拗不过，钻进车里，仰头看着星星灯发呆，人更晕了。

李子聪和我并排坐着，顺势脱了鞋，开了一瓶水给我，说，丁本牧，你真是一点儿都没变。

我说，这可不算什么好事儿。

李子聪认真地看着我说，其实我挺羡慕你的，一直能做自己。

我当他说的是醉话，车外风景迅速后撤。

下车后，我尽力摆正步子，跟李子聪挥手说再见，他应该还有残局要收拾。车开进道路尽头的大月亮里，这是又逢十五了吗？

风暖暖的，吹得人很舒服，我刷卡，摇摇摆摆地上楼，出电梯，用手按亮了密码锁。

密码多少来着？我吃吃笑着，口中念念有词，说，和老家的一样，和妈妈家的一样。

怎么是错的？为什么它一遍遍提示我是错的？像唐编辑，像尊姐，像楚储一样，门变得严肃起来，板起面孔，很多否定，没得商量。我坐在门口的换鞋柜上，认真地想，到底是哪里不对呢？为什么突然之间，我生活中的一切都开始出问题，连密码都是错的了？

我自以为是的人生到底有什么是可以确定的？我身体扭成奇怪的形状，从右兜里努力掏手机出来，因为用的左手，显得非常困难。

不知道自己要干什么，或者是想打给楚储。这个在心头悬而未决的故事，也许到了要结束的时候，不是也许，是必须。离奇的是，贴近手机，它竟然不认识我的脸，将它拿远一点儿，依旧显示不行。我按密码，它也提示我密码错误。

嗯，都是错的。

我的手机不认我，连桌面图案都换了，为什么？谁偷偷给我换了这么丑的桌面？太不像话！

门内传来狗叫的声音，门被人从里边打开了，皮卡冲出来，在我脚下转了两圈，本要兴奋地打转，又发现味道不对，停下来，抬起头呆呆看我。

看到门边上丁辛辛一张素净惊恐的脸，我张开双臂，大力拥抱了她。

14

我不能放下的一切

固然会难受，
但人总是要知道真相的。

　　这个早上和平日没有什么不同，醒来是因为口渴，我咕咚咕咚灌下去一整瓶矿泉水，看手机屏幕也才七点多，想继续睡，却已毫无睡意，也不想起来，只好躺在床上发呆。

　　虽然拉着窗帘，但天显然亮了。卧室窗前的大叶伞姿态舒展，我搬进来时就是这样，也不见长大，像个已经固定形态的成年人，想到这个，不禁有点儿想笑。口腔里味道怪怪的，却又很干，几乎没有睡液。我想起来刷牙，发现头昏昏沉沉，要坐起来都略显吃力。

　　门外有皮卡进门的声音，爪子在木地板上发出清晰的咔嗒声，听起来非常欢快，想来是丁辛辛给它倒了粮食，她低声说，别急。

　　大家知道我是个谨慎的人，不管喝再多，总会记得洗澡，这点很好，值得表扬。昨天显然也是，至少到现在还没有发现异常。侄女来家里住之后我就没敢再裸睡（这也是主要不方便的原因之一，前边没提）。现在看来我昨天不仅洗了澡，还记得给自己换了新的内裤，桌上手机和手表都充满了电。只是自己怎么去洗澡，怎么回到房间睡觉这些细节一概想不起来。

终于能起身时，我穿上睡衣到洗手间里刷牙，镜中的自己脸色苍白，喝酒让人脱水，脸似乎小了一圈，胡茬浓密，头发显然睡前没有吹干，乱七八糟，如同枯草。

不想看到自己，我木然刷着牙走到客厅，对着窗边的绿植发呆。身后有个声音说，你起来了，快准备准备，我们要出发了。

我回头看，丁辛辛已经换了一身运动服，廓形宽大的那种，红头发被棕色发带束起，整张脸露在外边，妆也已经化好了。

去哪儿？我嘴里含着牙膏泡沫，说话含混不清。自知理亏，先将自己挪回洗手间里去。

十点要到南山滑雪场啊。丁辛辛声音清脆。

噗……我一口牙膏沫喷在了洗手台的镜子上。

如果我知道自己将在这个早上全部毁掉，那天断然不会去赴什么荒唐的茶室之约，更不会干和人拼酒的蠢事。细节伴着我的内心惨叫被一点点翻出，最令我震撼的是——今天已经是四月一号。

我竟睡了两天一夜？

等发现时间是贼了，它已偷光你的选择……虽然李宗盛早就在歌里唱过，但三月三十一日这天生生被从生命中抹掉这回事，我还是不能接受。更让我不能接受的是，现在丁辛辛在洗手间外敲门，催我快点，还语带戏谑，说什么时间紧迫。

我跟她讲了什么？为什么她知道南山滑雪场的事？我在莲

蓬头下拼命揉自己的头发，但丝毫想不起昨天，不，前天晚上到底发生了什么。

看到客厅茶几上摆着个没电的手机，不是我的。我终于弄明白当夜为什么手机无法解锁了——我拿了两部手机回来，这部应该是跟我吵架那大哥的。

难怪桌面这么丑！

决定先不还他，希望他找女主角顺利，祝福。

我是被逼上车的，坐上副驾时丁辛辛才放下电话。之前她手里按着拨出键，威慑力像持有一枚随时炸响的手雷，手雷另一端的名字是奶奶。她说，你不上车跟我走，我就给奶奶打电话，展开说说你喝多了这件事。

行行行，我去。

她的威胁是有效的，一方面我真怕我妈唠叨；另一方面，我也很好奇，到底断片儿的那夜我跟丁辛辛说了什么，说了多少。

然后丁辛辛说，这不是我要求你去的，是你前天晚上逼我答应的。

什么？我大惊失色。

不过你竟然会开车。我没话找话，想办法缓解一下，也算对她示好。

你跟我说的啊，你忘了？大学里要多读闲书，学好英文，考个驾照，谈个恋爱。大学四件事儿啊。丁辛辛将车开出地库。阳光刺眼，她戴上墨镜，油门踩得过重，车一窜一窜，让人害怕。

嗯。像我说的话。此刻我很虚弱，人瘫在副驾驶上，抓紧了扶手。

什么像你说的，就是你说的啊。

那时的我确实更爱总结、爱输出，趾高气扬，令人烦躁。

那你目前达成了几项？我又问。

都达成了。丁辛辛颇为自信，转动方向盘，车进入快车道。

了不起！哎，丁辛辛你慢点！我喊了一声。这不是越野车啊。

车驶入高速后，丁辛辛不再大开大合，车终于稳定下来。那夜的场景被丁辛辛一一还原，听得人胆战心惊。幸亏我戴了帽子，可以把帽檐向下压，挡住半张脸。

现在我不需要脸，未来也不一定需要。

那天我在门前念叨自己很多东西都错了，手机密码不对，门的密码也不对时，丁辛辛已经察觉出了异常，何况我还大力拥抱了她，一身酒气。

据说拥抱完我还是坚持换了拖鞋，并用消毒喷雾喷了当天穿的衣服，还拜托丁辛辛喷了自己背面，连声说外边真脏。

到了房间，我让丁辛辛坐在沙发上，双手按住她的肩，说，你不许动，等着我。我有事儿跟你说。然后转身去洗手间，关上门洗澡之前又突然打开门，冲着她说，不许动哦。等我。

我在里边洗了很久，换了干净的睡衣，进卧室把手机和手表都充好电，看丁辛辛仍乖乖坐着，非常开心。打开冰箱拿来两罐黑啤，倒入杯中，自己盘腿坐在地毯上，和丁辛辛碰杯。

碰杯之后，我连说了五遍"我侄女真好看"，还要让她自己也承认。

她被迫和我干杯，只得承认自己好看。顺着醉酒者说话，是自我保护，也是一种美德。但我当时强调我没有醉酒，为了表示清醒，我给她讲了自己新写的小说，自然讲得乱七八糟。当然，关于主角是解绑师这回事还是讲清楚了。

人需要解绑，减轻负担，背着很重的包袱，人就无法前行，像我，现在一切都是错的。我当时目光灼灼，说得非常认真。我说不好的关系就要彻底断掉，免受其累。丁辛辛点头称是，我又说，但我这个主要写的不是分离，而是如何相聚，相聚有多美，断绝就有多疼，你知道吧。

丁辛辛问，我是该知道还是不知道？

说到这里时，啤酒已经喝完了，我让丁辛辛再去冰箱里拿，并且郑重告诉她我真的没喝多，人没有事，拍了胸脯，做了保证。

她拿啤酒回来时，我已经钻进她房间的床底，撅着屁股掏了个纸盒子出来，拿到客厅的地毯上，双手按着，非让丁辛辛猜里边是什么。

丁辛辛说是现金，我说俗，这可是比现金还珍贵的东西。丁辛辛笑，说是不是奶奶偏心，给了你什么可以传家的东西？

我说那绝对不是，说起来你奶奶还是更爱你爸一些我觉得。

丁辛辛没来得及跟我争辩，我又跟她举杯说，你要好好谈恋爱，恋爱是人生最宝贵的东西，因为这不是奋斗就能拥有的，当然，别的东西也未必奋斗就能拥有。不过！只有恋爱靠运气。

据说我那时哈哈大笑，自认为说了什么金句。

在车里听到这里时，我把帽子压得更低。丁辛辛看了下导航，突然不往下继续，坏笑了下，问我，想什么呢？

我说，想跳车。

吧嗒，丁辛辛立刻按下了童锁键。说，别闹。

丁辛辛那天也这样说时，我已打开盒子，里边的拍立得照片被我抖搂出来，百十来张，我不让她碰，更不容她细看，只是用手晃动着，如同拿着一把细筛，要将往事一一筛出，拣出最重要的说给她听。

我说这是我爱的人，你不用细看，反正故事很俗，无非是爱而不得，是种折磨。我问丁辛辛，你说她是怎么想的？我这么爱她她感觉不到吗？丁辛辛说，你该直接问她。我说不用问，答案我都知道。我又说，那天让你住酒店确实和这个人有约，但这个人没来，这就是答案。不是吗这么明显，总之丁辛辛我对不起你。

我讲了我跟楚储的故事，缺胳膊少腿，详略不得当。好朋友怎么埋骨异国他乡，我们怎么相识，怎么抱头痛哭，后来怎么没有具体约定，爱不爱的在我们这个岁数已不那么重要，事实胜于雄辩，眼见为实。我以为我也能像她一样自然洒脱，但我做不到。人也不能太委曲求全，至少差不多点啊，你说对吧。

丁辛辛说看起来不是不重要，是非常重要啊。

我把照片塞回盒子，盖上了盖，双手抱紧它，样子像是要哭，又笑了起来，说，她跟我没空，跟别人就有空。然后我跟丁辛辛约定，咱们明天都好好休息一天，后天一早，也就是一号，一定要陪我去趟南山滑雪场。我倒要看看她和什么人在约会，机场那天的人，为什么要抱她。

固然会难受，但人总是要知道真相的，我伸出手指，比个"一"，喋喋不休，逻辑混乱。重又讲回机场那天，触目惊心，真的是她，和那人拥抱，还被人揉了头发，状态暧昧，这非常不妥。

后边就是不断和丁辛辛拉钩，说些一百年不许变之类的，盖章确认，如此种种。

后来呢？我见丁辛辛又不说话，只好追问。

后来你喝完啤酒，抱着盒子回房间睡觉了。

再后来呢？

再后来就是你第二天一天没醒，我怕你死了，去看了几次，呼吸挺均匀，感觉只是缺觉。然后就到了今天早上了。丁辛辛将车转入休息区。说，时间还早，先吃个早饭。

这样一会儿才有劲儿滑啊。丁辛辛双手撑住雪杖状，笑着逗我，墨镜过大，滑下鼻梁，她往上推推说，哎，我这鼻梁太矮了，需要垫一垫。叔儿，你想吃什么？

有没有吃了立刻能死的？我说完，身体滑下去，一动也不想动。打开手机，看和楚储的对话框，发现已经被我清空，什么痕迹都没有留下。

我说了什么吗？我在脑中搜寻，找不到任何信息。

抬眼看到丁辛辛走进肯德基，我迅速将帽子反戴，跳下车，到驾驶位，手放在启动键上，又停下来。

按照丁辛辛的描述，这次雪场之行由我发起，但真这么冒失地过去，和楚储碰个正着怎么办？一想起雪场里我和她面对面僵直站着，不禁喉咙发紧，该是一句话也说不出来。依着楚储的个性，她真把对方拉过来介绍说这是我爱的人，我要说些什么？刚才被丁辛辛讲起自己的断片儿故事已经相当荒谬，现在这样杀将过去不是更荒谬？

我暗骂自己太尿，但还是决心逃走。发动车子，想着丁辛辛这样的鬼机灵，应该自己有回去的办法，或者一会儿给她打点钱，让她自己叫车回去也行。千错万错，不该那天那么喝酒，反正已然对不起她，索性，就再对不起一次。

还没开动，车窗这侧"啪"地贴过来一张脸，手搭凉棚冷冷地看我，嘴角带着坏笑，声音被车窗挡住了，看口型是：我就知道。还能是谁，当然是丁辛辛。她说，尿了吧。

被她强行拦下车拽入肯德基时，我像是个逃兵，她说还是你自己了解自己，你那天说了，自己必然会打退堂鼓，求我无论如何一定要盯紧你，不要让你逃跑，我还不信，现在信了。你不要恨我，要恨就恨你自己。

我说我还说了什么，你一并告诉我，不要隐瞒。她说说得多了，一下子想不起来，现在你踏踏实实给我待着。她晃动车钥匙，推一推又滑下鼻梁的墨镜，认真点餐去了。看起来兴致颇高的样子。

是，如果是我，应该也兴致会很高吧。

一这么想，不免更加绝望，路上我没有再说话，别别扭扭地啃着鸡腿堡，像个弱智。

丁辛辛不以为意，大口喝着可乐。抽空鼓励我说，马上就到。

停好车，二人向滑雪场走去。我一步分成两步，步子拖拉，状态特别不积极，更像是去取体检报告。

不来不知道，原来喜欢滑雪的人这么多。此时刚过九点，雪场已经有点儿人满为患。想来北京可玩的地方不多，又赶上是雪场最后几天。丁辛辛人小鬼大，说早预约好了门票，还是带雪服和全套雪具的套票。我说没想到你还安排得挺周到。

她说不用感激，毕竟都是那天晚上你自己打钱给我让我买的，还说要最贵那种。

我跟丁辛辛发誓，今天就开始戒酒。

我俩走进雪场时人显得鬼鬼祟祟，心里委实有些慌，觉得四下来往的人都在暗自打量我。而楚储和那叫胜宇的家伙似乎会随时出现，着实让人神经紧张。

必须分开到男女更衣室换雪服前，丁辛辛硬是把我手机拿走，说怕我又打退堂鼓，不跟她会合，用手机作为抵押。见我仍垂头丧气，她拉住我领口，把自己的墨镜给我戴上，又拍我的肩膀，说，哇，叔儿，你盖住眼睛好帅，一会儿见。

帅是不可能的，雪服和雪鞋都相当难穿，再戴上头盔和护具，镜中的我气喘吁吁，像只笨熊。不过，拿上雪具，看更衣室内大家长得都差不多，我总算松了一口气。

走出男更衣室，丁辛辛已经在门口堵着，想来是怕我逃走。但真逃走也不算难，毕竟没有专用雪具的人，穿上雪场租来的衣服，长得都像笨熊，样子都差不多。

刚刚开园，通道上人已经很多，有一看就是家庭出游的，也有三两好友结伴而来的，情侣自然不少。声音更是嘈杂，雪具碰撞声、脚踩在雪上的嘎吱声、小孩儿兴奋的尖叫声、缆车发动前人们交头接耳的声音交汇在雪场上空，让人脑袋发蒙。

我带着特殊任务，内心本就乱七八糟，现在又被尺寸不对的头盔紧紧箍住脑袋，根本无法思考，动作愈发缓慢。

雪道上，教练们秃鹰般盘旋，看准新手就过来问一句"需要陪护吗"，丁辛辛摇手跟那位跟上来的说了谢谢，婉拒了他。丁辛辛帮我把肘上的护具摆正。然后说，这里说大不大，如果他们真来，一定能碰上的。她把刚买的防风面罩给我，说，戴上。

我说，我光明磊落的戴什么戴。

丁辛辛笑，是让你防风。

我还是把面罩戴上了，现在谁都认不出我。

手机响了，来自楚储，貌似无事发生，口气坦坦荡荡，她说，早。

这样看来，我应该没有说什么过分的话，事情应该还不算不可收拾。但一想起她早上早早醒来，等那人来接，买了咖啡，坐在别人的副驾驶位，两人或者聊着什么，或者什么都不聊，哪怕单是享受路上风光，都让我气不打一处来。

本想不回，又觉得不能打草惊蛇，强行按了个"早"字，没有标点符号，当然也看不出怨气，这让我更痛恨自己。按熄手机，看见丁辛辛正笑着看我，更觉丢脸。我们是来干什么的！尤其是这统一的雪服脏旧不说，颜色也相当难看，现在我和丁辛辛，一个大红色，一个浅绿色，颜色还都不正。

我说，丁辛辛，我们真丑啊。两人齐步往前走，像来充数的群众演员，丁辛辛突然用胳膊拱我，低声说，一级警戒。

楚储是很容易被发现的，不光是她，她旁边的男人也是。必须承认，这一对好看的浑蛋走过人群的话，任谁都会多看一眼吧。

楚储还没有戴上头盔，任头发在风中飘散，阳光非常好，雪面成了天然的反光板，让她整个人看起来更加神采奕奕，她穿了合身的白色雪服，整个人看起来高挑纤细。她身边的男人全副武装，深蓝色的雪服显然是自备的，和头盔形成一套，还戴了专业的雪镜，看不见眼睛，但鼻梁高挺，下巴显得坚毅。此刻正在和楚储对望，笑着说些什么。楚储将雪板插入雪中，去戴头盔，他显然不想错过机会，帮她扣上下巴处的卡扣。

距离很远，但我似乎能听见清晰的咔嗒声，心迅速坠入深深海底，温度骤降。

还挺帅。丁辛辛由衷感叹，显然不管我怎样想。

刚才被婉拒的教练跟着我们，显然没有放弃，借机搭茬儿说，是，一看那一对就是高手，单板更难些，你们初学者，用双板就好。

用你说！我内心暗骂。见两人往前走了，我拉起丁辛辛急步跟上。楚储和男人显然不会注意到我俩，他们习惯了被人注目，似乎只为了创造美好画面存在，这合情合理，令人沮丧。

丁辛辛急步跟着我，掏出手机拍照。我说干吗？

她说，留证据啊。

到缆车处，楚储和男人信步走向高级道，我和丁辛辛笨手笨脚，只能跟上。有工作人员站在那里，旁边小桌上放个喇叭，录制者声音像被玻璃划烂了，极为难听，但似乎在做重要提醒，大意是说，高级道坡度过大，建议初学者谨慎选择，避免发生危险。

上缆车后感受到了烈烈冷风，刚才后背上的汗迅速消失，透出几分寒气来。往前数六辆车，就是并排而坐的楚储和男人，看不大清楚。我内心虽然百味杂陈，但身边有丁辛辛，也不敢表现得太过明显。

事情已经发展到了这里，怎么收场尚不清楚，但我已经绝望，确定自己不会冲过去大发雷霆，没有这个立场。这么想来，更觉得和楚储的日常像一场幻觉，我们到底算什么呢？在看到他们出现时，我的内心已经有了答案。

缆车缓缓向上，给我思考的空间，带有哲学意味，不管你愿意不愿意，缆车也好，故事也好，一切都有到达终点的时候。

丁辛辛在旁边说，但他们看起来并不像情侣啊。

画面让人哭笑不得，丁辛辛竟带了个望远镜来，现在正锁定目标，细心观察。她也如我一样戴着面罩，这让我们看起来更像一对笨贼。她把望远镜递给我。我说，我不看。她说，勇敢点！像鼓励一个不敢打疫苗的人。

望远镜里的画面是楚储和男人的后背，中间确实留有空隙，没有肢体接触，不知道算不算丁辛辛判断对方不像情侣的证据。不然呢？难道在缆车上拥吻吗？天空碧蓝如洗，接近山顶时，风更大了些。楚储和他此刻张开双臂，他们愉快的叫声被风直接吹过来，掠过我的耳朵，迅速消失不见。

缆车顿了一顿到达终点。我和丁辛辛跳下车时，才知道山下的提醒不是故意吓唬人。从山下看时，高级道虽然是高一些，但整体坡度还算平缓。站在山顶上看时却全然不是那么回事，三十五的坡度加上高度加持，怎么看都觉得深不可测，甚至有些凶险的意味。

正观察时，有人已经在尖叫声中几乎半蹲着冲下坡道去，声音撕裂，人也不负众望地滚了几滚，继而躺倒不动，不知是受伤了还是怎么了。有人在山顶打了退堂鼓，笑着说算了算了，准备拆掉雪板，从边上缓缓走下去。

楚储和男人距离我们五十米，看情态并未犹豫。两人击掌分开站在起点时，都更加挺拔了些，像成竹在胸。他们看起来很有默契，不见犹豫，两只海豚入水一般，同时俯冲下去。蓝色的男人更快一些，像在为楚储开路，雪板下的 S 形的曲线异常漂亮。楚储则紧随其后，像在绸缎上一般，轻盈又迅捷。到底部时，男人迅速刹车，并没有摔一个狗吃屎（我的祈祷失效），反而耍帅一般，板底将碎雪激起，扬起雪尘，他在一片白雾中稳稳站住，稍后，楚储到达，两人几乎要拥抱在一起了，应该是分外开心吧。

抱起雪板，两人向缆车走去。显然游戏刚刚开始，他们会继续展现身姿和技术，循环往复，乐此不疲。算算时间，三分钟后他们将再度到达山顶，我和丁辛辛虽然竭力挪动到一侧，但在山顶数十人中，还是有被当面撞上的可能。

现在我的腿瑟瑟发抖，面对悬崖一般的高级道束手无策，滑下去是万万不敢，站在这里不动也不是办法，左右为难。

丁辛辛看着我，说，你那天说了，不要害怕，重心要低，人要向后，这样摔的时候不疼。

我屁话怎么那么多？我在心中咒骂自己。

丁辛辛看着楚储他们坐上缆车，应该也觉得时间紧迫，头在他们和我之间连续摆动。

怎么着？叔儿？

下去还是停住，这是个问题。

山顶之上，风突然变大，我深深呼吸，寒气像桶冰水，瞬间把五脏六腑都浸透了。

叔儿，他们马上下缆车了。

看我还不动，丁辛辛语气有点儿焦急。

这样滑下去的话，应该会死吧……

我看着坡底，它似乎变得更深，雪在太阳下白得刺眼。我和丁辛辛被无限推高，人站在崖顶一般。山顶上的其他人此刻全部消失不见，只剩下我和亲爱的侄女，以及马上就要到达终点的楚储和叫胜宇的男人。

此刻十万火急。

该面对的总要面对！跟他们见一下。似乎下定了决心，丁辛辛说着拉住我胳膊，回身向缆车终点走。

面什么面！我挣脱她的手时，人险些滑倒，为了保持重心，几乎是跳了两步，雪板在雪上发出几声钝响，人在斜坡处向下滑了两米。

我几乎骂了出来，尽力控制身体，双手张开，不敢乱动，丁辛辛人在比我略高的坡面上，此刻面对着我，她眼睛在坏笑什么？

丁辛辛，你别闹啊。我几乎喊出声来，突然意识到什么，但又怕过于引人注目，只好压低声音，为防万一，人已经把手中雪杖拿紧了，如同两把剑，指着站在高处的丁辛辛。

丁辛辛双手打开，表示自己没有恶意，然后说，我还能害你不成？

你别动。我很严肃地说，怕稍微松弛一点儿她就立刻顽皮起来，她可什么都干得出。

你把我当什么人了，那你在这儿站着吧。丁辛辛脸拉下来，似乎是怪我误解了她。她转身要走时，我只好威吓一声说，别走啊，拉我上去。

我颤颤巍巍将手伸向她，她将单手变为双手，握住我的，往下挪动了两步，表情无比真诚。她小心翼翼地往下走，直到和我并排，将我慢慢扶正过来，格外小心，像面对一个容易损毁的古董。

然后她缓缓地说，这，应该跟我滑旱冰差不多吧。

坏笑回到了她的眼睛里，我有一种不祥的预感。

走你！丁辛辛在身后笑得很大声。

你浑蛋啊丁辛辛！我反应过来时已来不及，后背被她双手猛力一推，身体已迅速向前滑行，由慢到快，姿态当然丑，速度却一点儿也不含糊，我已向山下疾驰。

现在别说回头看，张口尖叫我都担心影响身体平衡，只好把嘴闭上。风从耳边迅速掠过，下行速度越来越快，脚下只有雪板和雪接触的声音，像能擦出火焰。心被激烈的加速度冲到了嗓子眼儿，状态和坐过山车类似，唯一区别是，过山车不用我自己停下。

害怕速度这事儿源于十八岁那年，原因也不特殊，纯属自己作死。

那是老家的某个高架桥刚刚修好正式通车前的暑假最后三天，我和同学刘大脑两人不知道为什么非要骑车上去看看。登顶后还嫌不够，竟然要双手撒把，齐齐俯冲下去。他平稳降落，我却没那么幸运，为了躲开突然冲出来的妇女，我连人带车摔出三米。裤子被磨破自不用说，两个膝盖和手肘也被摔得破破烂烂，所幸因为年轻，没有骨折。但从那之后，我对速度有了深深的恐惧感，表现是过山车之类的绝对不玩。自己开车还好，坐别人的车如果遭遇突然加速，会有一种随时撞上什么的不安全感。

现在我急速滑行在雪面之上，速度带来的恐惧感把这些记忆强行塞回身体，可明明里边早已经满满当当，我的五脏六腑、我的情感、脸面、尊严、妒忌、爱恨、焦虑正在彼此挤压碰撞，随时要爆炸出来。

为什么人类会喜欢这种失控的东西呢？这种完全脱离自我意志的、试图摆脱地心引力的玩意儿，到底乐趣在哪里呢？庆幸自己戴了头盔和面罩，怒目圆睁的我表情应该比姿势更丑吧。

有教练在雪道尽头比画，大声对我喊，刹车啊，重心压低，脚呈 V 字形！是他那个方向的 V 还是我这个方向的 V？我已经无从判断。只好相信人是智慧生物，总有自保能力，闭眼之前，想着自己重心要低，但身体不听使唤，反应过来时，人已经向后倒下，速度不减，屁股先着了地，弹了两下。和我想象的不同，雪地不是软的，堪称坚硬，如同石头。尾骨触地时，一股酸疼从后背直冲眉心，戳透了我。不知道从山顶看下去，有没有也掀起雪尘，但不炫酷是肯定的了。

好处是虽然屁股很疼，但人终于是停了下来，心也在狂跳中渐渐回到原来的位置。我努力坐起来，恼火地拆掉自己脚上的雪板。身后有古怪的尖叫声由远及近，丁辛辛连滚带爬，嘴里念叨着"重心靠下"什么的，正从我身边掠过，在我三米开外也摔得四仰八叉。

我大笑了起来，无法控制。死里逃生后看到刚刚害我的坏人摔了，即便她是我的亲侄女，还是不禁大呼活该，眼泪也止不住。看她躺在雪地上一动不动，又难免担心，不会真摔死了吧？我挣扎站起感受了下自己，腿和屁股尚能正常使用，脚踩在地面上的感觉太好了。

我走过去看她时，她眼睛刚刚睁开，看我过来，用手挡住照在脸上的阳光哈哈笑了，是不是挺爽的，叔儿？

爽个屁！我伸手拉她起来。她说，别动，屁股疼。

活该！我收回双手，跟她说，自己起来。

她笨拙地坐起来拆雪板，又看着坡道发呆了一会儿，对我挤挤眼睛，说，他们下来了。

我扭头看去，雪坡上阳光刺目，逆光里那一蓝一白的身影像进行一场刻意的表演，用来展现他们的完美姿态、技巧和默契。两人相依相伴，在他们脚下，速度全然被驾驭了，乖到可以被任意使用。他们趾高气扬，山和风都拿他们没办法，他们是今天高级道上的赢家。

我转身向坡下走。说，丁辛辛，我们该回去了。

见我脸色真的不对，丁辛辛不敢再嬉皮笑脸，艰难爬起，将雪板扛在肩上，紧跟上我。

背对着阳光，我们俩扛着雪板，歪歪斜斜的身影像两个猪八戒。

丁辛辛似乎有点儿难以启齿，但还是嘀咕了一句，真的不见一面吗？

不见了。我说完这话，人就不见了。

大家也不用叫我作家了，叫我预言家。

15

我不能放下的一切

最痛的从来不是青春，
不是爱情，是骨折。

我对骨科的恐惧由来已久。原来曾去探视过开山地摩托被摔伤肩胛骨的同事，他擅长讲故事，听他描述就医过程简直身临其境。加上去年曾经陪骑车摔倒股骨颈骨折的我爸住院做手术，亲眼见了骨科情境，这恐惧就又加深了一层。

现在我正在这里——骨科，人类沉浸式疼痛体验中心。病号们白天鬼哭狼嚎，夜半也不停歇。老的那些肌肉和骨头在重新生长，彼此形成拉力，必须持续发出呻吟。新的那些则鲜血淋漓，缺胳膊少腿，损毁得各有千秋，如同 4S 店的回厂车间，说是人间炼狱也不为过。

骨科大夫对各种伤情司空见惯，像天使，更像木工，看 X 光片时基本面无表情。跟你商量处理方案时也看起来毫无同情心，像说一件家具或某堵坏掉的墙。打三颗还是五颗钉自然由他来定，但要选什么材质，是永生的还是未来需要取下的？要过安检响还是不响的？选术后三天就能站起来的还是平躺半年才可直立行走的？规格丰富，价格不同，相同点是都会很疼，但也都会疼着疼着就好了，没有近路可走。

所以郑重地跟大家说一声，一定要避免受伤，最痛的从来不是青春，不是爱情，是骨折。

我骨折得相当离奇。当时我还在回头看，楚储和他两人基本已经滑到坡底，正在做漂亮的收尾。我急于回更衣室，要通过一个大概七级石阶的台阶，宽度很宽，两侧没有护栏。我确定脚下是踩稳了的，雪鞋上有积雪我也知道，但怎么跌倒到台阶旁边的沟底我怎么也想不通。

不过受伤原因没人关心，都可概括为不小心或者不走运。

丁辛辛复盘时说，我当时一回头，你就不见了。再看到你时，你人已在沟里，疼得龇牙咧嘴无法起身。

有没有一种可能，你是自杀？她问我，不愧是我侄女，脑回路清奇。

我断然说不是。滑雪惊心动魄幸运落地没摔，走路却糊里糊涂地摔了，还是胫骨骨折，必须手术，匪夷所思。

我和侄女丁辛辛在病房里斗嘴还原场景时，荒谬混乱的四月一日已经过了一大半。

说起来，丁辛辛扶我到更衣室时，我似乎还能单腿行走，到脱下雪鞋换好衣服准备出来跟她会合时人已无法站立。右脚踝迅速肿了起来，已无法穿鞋。

拜托一个大哥扶我到门口走了大概十分钟，几乎要和他建立感情，到这儿我还能忍住不叫。

被扶上车后，我已经大汗淋漓，再顾不上什么面子，开始连声怪叫。

丁辛辛直接导航了积水潭医院，说这里骨科见长。我则坚持说应该只是扭伤，并无大碍，回去冷敷就好。她后来发了脾气，说你怎么像爷爷一样固执，我只得暂时闭嘴，不再争辩，任她拉我到医院去。

到被丁辛辛借来医院的平板车推到急诊室之前，我还坚持没必要小题大做。人到一定年纪就开始讳疾忌医，我又有了要坐过山车的心情。

从汽车挪到平板车上时两人大费周折，姿势让人难为情，端坐已不可能，半躺着无处着力更加难受。最后我自暴自弃平躺下来，坚强地用胳膊挡住半边脸，作为自己最后的坚持。

人生第一次看着医院的天花板缓缓向后滑动，绝望谈不上，万般不由人的无力感倒是真的。人在入院检查时已然失去了性别、年纪，统一变为病患，甚至连智力都随着受伤被剥脱了去。而一旦接受这个设定，我立刻变得毫无常识，成为必须依赖丁辛辛的巨大婴孩儿。失去行走能力之后，独立桀骜、对世界各种看不惯的我，竟然生出了许多脆弱。

更让我充满歉意的是，从下午到晚上，丁辛辛推我在医院里上上下下，在无障碍通道上拐来拐去，必然遭遇上坡，本就瘦弱的她费力推着我，我也只能试着提气，自欺欺人地减轻重量。

挂号，拍片子再回诊室是个冗长的过程，确定是胫骨骨折反倒有另一只鞋子落地之感。大夫说受伤位置如片子所见，在脚踝以下的部分，情况相当复杂，必须手术处理，别指望打打石膏静养就能好，否则以后别说跑步运动，恢复正常行走都很困难。人老了骨头都脆，他无意中伤害到我，但我只能点头认可。然后大夫说好在你比较幸运，今天正好有床位，赶紧办住院手续。

而今我脚已垫高，为防止骨头手术前走型，脚后跟部分被打了穿透，用来拉扯住我急于胡乱和好的胫骨和腓骨，我像被固定在甲板上的美人鱼（我瞎说的），尾部动弹不得。现在这么讲主要是为了让读者们放松。真实情况相当残忍，不打麻药的情况下脚后跟被什么东西打穿，想一想是不是都有点儿头皮发麻？

当时我不敢看护士，整个人瑟瑟发抖，丁辛辛立刻成了神态自若的大人。见我脸色惨白，她半跪下来，攥住我的手，目光恳切地说，叔儿，我在呢。别怕。叔儿，答应我……你不要再自杀了。护士惊奇地看我，我连忙解释，我不是自杀啦！

而后"哒"的一声，我的脚被击穿了。

我被钉在住院部四〇三室六号床位。幸运的是靠窗，不幸的是旁边躺着个因为车祸全身被包得木乃伊一样的大哥，一直在哼哼唧唧。丁辛辛用他勉励我说，跟他一比，你简直太健康了，几乎可以立刻出院。

是的。我必须低下高昂的头，肉体被钉住时，灵魂也似乎老实了不少，何况肚子还叽里咕噜，一切都要依靠这牙尖嘴利的家伙，心里默念着识时务者为俊杰，我问她，你饿不饿？

她说饿。

她帮我买了粥，自己却订了麦当劳，画面极不人道。可乐气泡挤挤挨挨，看起来都相当好喝。我眼巴巴地吞着自己寡淡的白粥，被她硬逼着吃了三个白水煮蛋，我说自己感觉吃的是早饭，她说，你说对了，真可以算是早饭，因为术前基本上就是这顿了，明天要做各种检查。

丁辛辛蹑手蹑脚出去，一会儿又满载而归。带着尿壶一个，纸内裤若干，还买了折叠茶几、躺椅和塑料凳各一只。她说，叔儿，你看这是门口小店卖的骨折套餐。我给你买了个适用于你这种小型骨折的。茶几呢，你在床上吃饭，会舒服点，折叠椅可以用来供陪床的人休息。

她越说越兴奋，将长椅打开，自己在上边躺了躺，说还行，挺舒服。又拿起小凳子，在我脸前晃了晃，接着说，小凳子是万一有人来看你，可以坐。又忽然生出疑问，你说会有人来看你吧？

我气急败坏地说当然有。虽然我已打定主意和谁也不说。

她哈哈笑着，此时似乎有点儿幸灾乐祸，手里的尿壶几乎撑在我的脸上。我连忙躲开，即便它是新的。她将尿壶放在床边说，这个你得适应下，得用几天呢。

我没好气，也不敢反驳。她人已经躺回到长椅上，嘴里仍念叨个不停，她说，小店里的人跟我推销轮椅来着，我看有个不错，但想着没有必要从他那里买，京东应该有，刚才查了下，牌子叫鱼跃，这个三百九十八元的基础款就行了吧。反正也不会常用，到时候在闲鱼卖掉就是。

她把手机举给我看。那折叠轮椅，椅面浅蓝色，很不好看，车身也细脚伶仃，显得廉价，简介里还赫然写着"老人轮椅"。

这也……太丑了吧。我虚弱地说。丁辛辛已经将手机收回去，说，这时候就别讲品位了，你自己又看不见，不要在这上边浪费钱。她语气果决，有那么几分神似我妈，但态度截然不同。她接着说，就这些东西加起来总共花了九百六十八块，叔儿，我都刷的你的卡。钱包先放我这儿。

我钱包已在进医院时被丁辛辛强行收缴。

她按灭手机，起身拿起车钥匙说，现在我得回去一趟，遛下皮卡。一会儿我再过来陪你。你要拿什么，微信统一告诉我。

我说好。看着侄女的背影，突然觉得有点儿陌生。想来此刻躺在病床上的如此虚弱迷乱、心神不宁的我，在她眼中也是陌生的。

丁辛辛一离开，我的脚迅速疼了起来，一开始是点状的，随即覆盖了整条腿，脚上的钢索拉力瞬间变强，将我整个人串起，原来人真会发出奇怪的"哎哟"声，令人羞愧。我妄图忍住不叫，但没有成功。放弃之后，我和隔壁床的大哥开始一唱一和，此起彼伏。

我在微信框里缓慢打字，人在受伤后似乎一切都慢了下来，连手都变得不大好使。笔记本电脑肯定要拿，iPad虽然功能重叠，但拿上更方便些。另外，书架上的书可以随便拿两本，干躺着我会发疯。

还有一个东西我想让她带来，就是每日在我床头陪我睡觉的布偶小象，但暴露这个给她实在不好意思，也无必要。本来写了，最后还是删掉了。

中间有护士过来查房，给隔壁大哥上了止疼泵。我说我也疼，可以给我吗？她用"你想得美"的语气说，你得术后才能使用，绝情地"唰"地一声将我和大哥之间的隔帘拉上，似乎我虎视眈眈影响了她的治疗。她无视我的脸，完全不顾我笑得很甜，语带谄媚之意，目前可以确定长相在病床上不起作用，何况现在的我一天没有洗澡，头发乱七八糟，脸因为疼痛歪七扭八，完全没有长相可言。

在她眼里，我们俩应该只是新住进来的木乃伊大哥和美人鱼二哥。

正想着，她从隔帘处露出脸来，冷声说道，少看手机，多睡觉，一会儿熄灯了。然后嘴里"嗞"了一声，将我床头插座上的手机充电器拔了下去，说，这里不许充电。我想问那这插座是干吗用的，妄图申辩时，她已经转身走了。

发完微信，一一检查手机里的十几条新信息。大多来自餐厅服务号，短信里也有银行例行问候，总之正经的信息是一条没有。和楚储的微信不知道什么时候又被我置顶了，显示着两个无力的"早"。我和雷悟很少发微信聊天，上一条还停在他拍了一个片场的照片那里，忘了当时我为什么没有回复。

回顾这些时，我看向侄女刚买的塑料小凳子，想起她开玩笑的那句：会有人来看你吧？

会吗？雷悟如果在北京的话肯定会来床前孝敬，我断然也不会在这里受丁辛辛的气。何美知道了该会哭着跑来，带着鲜花，她喜欢鲜花和贵的一切，但万万不能指望她帮忙推轮椅。老程应该不多说话，会炖补骨头的汤，默默在床前坐着，拿本书看。楚储呢？发现我竟从没设想过她在这种情况下会如何表现时，房间的灯突然黑了，应该是到了熄灯时间。

隔壁大哥安了止疼泵，立刻睡熟了，没再发出呻吟。暗下来的病房里，只剩下手机的光。脚踝上的疼痛令我心思烦乱，怎么也睡不着，只好看着窗外的树影发呆。一切似乎都睡熟了，连叶片也一动不动。想着之前该是有很多人在我同样的位置，在如此的长夜看向窗外，默默等待一切恢复正常，不知道他们有没有人陪伴、是否孤独。

我要不要告诉楚储呢？在问过自己这个问题之后，我惊讶地发现，我竟全然没有让她知道的想法。一方面不想让她看到一个如此苦苦艾艾不断喊痛的我；另一方面，更不想让她知道我因何如此。

一旦将侄女跑前跑后的身影替代为她，我和她所谓的爱立刻变得真实琐碎，有了具体的情状。如果我当时更坚定热切一点儿，会不会我们现在就是同居的情侣，如正常的那些一样，她在我病床前憔悴又焦急？还是我们早已分开了？平时世界里的我们会不会变成另外的关系？

或许她根本就不愿意吧。

这么想来也是好的，意外的骨折固然中断了我荒唐的追寻之旅，却也让我重新看待我和楚储的关系，她竟似从没真实存在过。

而我所谓的真爱，是我只想要的爱里最美好的部分。那些真实的东西，浸泡在柴米油盐里的、悬浮于日常空气中的、落在地板上的、被我看作陈词滥调的，都被我自以为是地躲过了。

我们说"早安""晚安"，见面、亲吻、做爱，给彼此过生日，永远神采奕奕，没有病痛，不见沮丧。原来这些只存在于我们构筑的虚幻世界当中，用来抵御不敢直面的真实生活。

在真实的疼痛面前，我想象中的我彻底不见了，我想象中的她，或许根本也不存在。

就在我昏昏沉沉几乎要睡着时，尿意突然不请自来。未曾察觉时还好，一旦察觉，人立刻变得清醒。看手机，时间已经接近十一点半，丁辛辛回去一趟，现在应该快回来了，为免尴尬，我决定立刻解决。

各位，你们设身处地地想象下，被钉住单腿如同美人鱼一样横陈在病床上的我，在接近平躺、不动右腿的情况下，如何在尿壶里完成全部流程？是不是相当困难？何况我左侧一米开外就是不知为什么突然醒来的木乃伊大哥，负责陪床的大姐更是不知从哪里空降而来，正伺候他喝水。他脾气暴躁了起来，应该是又开始疼了。大姐正安慰他说，不要乱用止疼泵，一小时只能用一次。他说，就他妈的让我用吧，快死了反正。

既然大哥快死了，应该不大介意我将在他旁边尿尿。只是现在的问题是，我根本够不到尿壶。

刚刚丁辛辛兴高采烈地展示它后，随手将它放到了塑料小凳的旁边，现在看起来和我咫尺天涯。受脚下被拉住的钢索所限，我倾尽全力，身体竭力靠近右侧，手指尖仍和尿壶有二十厘米的距离。

尿意越来越浓，求助大姐倒也不是不可以，只是我鼓足勇气喊她时，她已经安抚完大哥后，神秘且迅速地消失了。只剩下大哥含混地问，哥们儿，你怎么了？他应该还是得逞了，安了止疼泵，现在竟然要关心我的闲事。

我只得回答，想尿尿。

他说，直接尿，床上有尿垫。

大哥不再管我，安然睡去。我想起办住院手续时，医院确实要求每个病床都要买配备的尿垫，入住时也确实看到有护工在床单下铺了。但"直接尿"我是万万做不到，只好自顾自继续跟尿壶缠斗。

我手指颤颤巍巍，离尿壶越来越近时，突然脚下一疼，右手瞬间失力，咣当一声，等我清醒过来，发现自己的脑袋已经掉落在床前小桌和床之间的空当内，不大不小，正好卡住。

第三视角看下来的话，这是相当悲惨的一幕。一个憋着尿的中年伤员，此刻脑袋卡在如同量身定做的空间里，进退不得。眼镜腿和耳朵互相纠缠，构成一种酷刑。我太阳穴生疼，而因为钉住的右脚，我现在一动不敢再动，唯恐自己上半身掉落下去，自己的脚会被生生拉断。

此时门开了，或许是听到什么异响，有人开门进来，听声音应该是隔壁陪护的大姐。她打开手机手电筒，冲我床上照了一下，在看见被夹住的我，迅速过来施救时，我脸已经涨得通红。

咋又自杀呢！大姐几乎是骂我，看来丁辛辛随口说的已经流传开来。

我忙解释，没有啊，大姐。

刚才陪你的是你女朋友？

我说，不是啊，大姐。

她一出门就哭了，肯定也是吓坏了，替你担心呢，你可得好好活着。

啊？是吗？丁辛辛刚才一切如常地出去，竟背着我哭鼻子。

哭得可凶了，眼泪哗啦啦的，看我看见了，赶紧擦了，转身就走，腿长步子大。多好的女孩啊，还这么爱你，所以你可别再想不开。

你说我遇到的大姐怎么嘴皮子都这么利落？

大姐，我想得开，你赶紧把尿壶给我。我艰难抢了一句。

大姐说，哎，早说啊。那不是你女朋友？

不是，是我侄女。

那好难得啊，你看这个，她指着隔壁大哥，说，自己在外边打工，出车祸了，家里人一个都来不了，只好请我们这些护工，老可怜了。

大姐，咱们一会儿再聊，我要……尿尿！我几乎喊了出来。

大姐明白过来，嘴里说着你尿你尿，转身离开，拉上了帘。谢天谢地，我拱起身体，不再有任何不好意思，更不会想有无声响，气味儿会不会影响到他人，我现在一点儿都不在乎！

丁辛辛回来时，我已经彻底平静下来，刚才的一切让我知道，疼痛也许不是最难忍的事情。

突然想起大姐描述的她刚才关上病房的门在外边哭鼻子的画面，有点儿悲从中来。

还没睡？她问我，手去抻开折叠长椅，略显费力。

我说，没有呢。

疼不疼？

我说，还行。

疼就喊，不丢人。丁辛辛说着。这个给你。

丁辛辛把一个毛茸茸的东西扔到我枕边，竟是我床头的小象。

她人躺在长椅上，脸朝向窗外。

暗夜里，窗外的光将她的身影勾勒出来，瘦瘦的，细长。

今天……真是太麻烦你了。我说。

叔儿，你怎么突然变温柔了？丁辛辛没有回头说，几乎是笑了下。你有求于我？

既然你问了，那我就不客气了。我把脸埋在了被子里，非常羞愧。我刚才尿了尿，尿壶你得帮忙倒一下。

我终于说出了口。

听丁辛辛叹口气从吱呀作响的长椅上站起，捞起我床头的尿壶走了出去。我伸手将小象偷偷地拉入被窝，然后用双臂紧紧抱住了它。

山本耀司说，自我这个东西很模糊的，需要跟他人碰撞才能真正了解。现在想来，还是雷悟说得更对：人不得病是看不清自己的。

他做过一次肛门手术，有发言权。躺在床上不吃不动的时间，全靠他尚未分开的前任鞍前马后地照顾。后来他曾在某次痛哭中提及，他很难确定对方爱自己，但有过这次经历后，至少知道对方不是不爱自己。

这个前任，对他负责过，值得被纪念。

也因此，他一直自认为比我幸福很多。

虽然我从来不觉得。

被人珍视是非常重要的，我之前书里就说过这样的话，自己再怎么疼自己，也不是别人。

16

我不能放下的一切

你不想我的话，
我想你便毫无意义。

我昏昏沉沉睡了一夜。

梦里，我重回到八岁时住院的场景，忘了什么原因，我高烧不退，妈妈陪床。她那时还年轻，人似乎永远醒着，眼睛盯着输液瓶，似乎不需要睡觉。想来她那时应该比现在的我年纪还小些。一想到这个，我变得更容易理解她，甚至我分辨得出，她饱含关切的眼神中，竟然还隐藏着我原来从不曾发现的胆怯。

她也是会害怕的，不是生来就是妈妈。成年人的坚强和从容不是与生俱来的，更多的时候是因为不得不这样做。

醒来后我眼角有泪，躺着伤感了好一会儿，人很平静。后来焦虑起来是因为再度确认了自己需要尿尿的事实，更残酷的是，我竟然还妄图大便。

必须承认，之前大多和我有关的日常在意的事物，包括时间、作息、爱好、品位、理想种种，在我躺在病床上之后，都变得毫无意义。

到我在轮椅上被医院统一的被子包裹，只露一个头，侍寝般被推到隔壁楼做各项检查时，精神状态已经和粽子形状的其他病患别无二致，一样的面如土色、头发蓬乱、了无生气，看不出四肢是否健全，更难了解具体伤情。

护士们力大无穷，左右开弓，双手可推两人。到狭窄通道时，嘴里喊着借过一下，信手将轮椅调成一前一后，如同挑着扁担。这次我是脸朝后的那个，能看到丁辛辛在后边碎步紧跟着，暂时插不上手，只是唯恐被高速行进的护士甩下，跑得气喘吁吁。

医院里人满为患，没有家属寸步难行。那些被叫了名字的往往眼神涣散，置若罔闻。身边健康的那个则需反应一下，随即站起，回答在呢。此时的名称无关身份，没有背景，更无优劣，只是代号。

手机里有个楚储的"早"，我还是如常回了，只是心中再无波澜。雪场一摔之后，似乎一切尘埃落定。不知是受脚伤影响还是什么，"爱情比生命更可贵"现在听来像是鬼话，更何况我们是否算作爱情尚待明确，现在于我来说，是生命比什么都可贵。

你不想我的话，我想你便毫无意义。意义在此刻都听来格外讽刺，那是健康人类才会强求的多余的东西。至少在今天的我看来，除了做手术重新站起，自由大小便，其余一切均可按下不表。

检查顺利，只是过程复杂，颇为曲折。

到我和丁辛辛返回病房时，已经接近黄昏。被通知明天十点上手术台，护士叮嘱今夜不可进食，更不要喝水。脚被重新钉住，我又变回美人鱼一般的存在。

隔壁大哥似乎好了很多，大姐帮他翻身时，硬是呻吟着跟我说话，听来是个颇为热情之人。他说，兄弟，你别怕，你这算啥，根本不算事儿。再翻过去时又夸我，不过你心大。再翻过来时还在夸，你昨晚上睡挺香的，你打呼了兄弟，挺响。

明明他后半夜鼾声如雷，现在却要突然向我抱怨。我没和人同居过，拿不出我不打鼾的证据，心里着急，看向丁辛辛时，她竟然正附和地猛力点头。我说我怎么可能会打鼾呢？看样子都不像啊，对吧？丁辛辛认真确认说，其实一直打的，可能只是皮卡没法儿告诉你。

丁辛辛，你当时应该搬走！我恶狠狠地说。

这相当影响我的自我认知，虽然我也不知道为什么那么理直气壮地认为自己是不打鼾的。这几天真是匪夷所思，那些我自以为我远离的中年人的东西，我竟早就全套拥有：包括但不限于喝到断片儿，睡觉打鼾，现在竟然还摔断了脚，要卧床大小便。

油腻与否另说，脏是真脏。

看来人要了解自我的话，不仅需要和他人碰撞，还需要和他人同居。

这样想着更加生气，忍了忍，我还是转头跟大哥说，其实你也打，也很响，这说明什么呢，说明你生命力顽强。

丁辛辛后来还是帮我报了仇，当然她的行动也一并伤害到我。晚饭时间，她坐在我和大哥之间津津有味地吃包子，不能动的我们俩只得屏住呼吸，用吞咽口水抵御包子的香味儿。大哥只能输液，我现在别说吃包子，水也不能喝一口。不知道为什么医院食堂会允许卖这种东西，是要靠食欲激发病人的求生意志吗？

大哥终于扛不住诱惑，勒令丁辛辛拉上隔帘时，她竟从双肩背里掏出一罐啤酒。

我闭上眼睛，坚决不再看她，却被她轻轻拍了一下，没好气地斜眼看过去，她已用纸巾细细擦拭过罐口，看我睁眼，直接将啤酒递给我，我说我不能喝。她说谁让你喝了。然后将指甲示意给我看，都剪得短短的，没有指甲。

难为你了丁辛辛。我接过啤酒，发现它是冰的，罐上带着浸润出的湿气，单是摸着就觉得相当可口。

"啪""呲"，拉环被我拉起，啤酒几欲喷涌而出，被丁辛辛及时夺了去，怕漏在地上，赶紧喝了两大口。隔壁大哥发出一声叹息，我眼巴巴地看着她停下，单手轻拍胸口，然后打出一个心满意足的嗝儿。

丁辛辛，你这样很不人道，你知道吗？

她说了声对不起，站起身来，把啤酒搁在窗台上，看向窗外。外边正是漫天霞光，一半是蓝的，另一半被流泻出来的夕阳晕染，那棵昨夜被我盯了很久的树被打成了金黄色，应该是杨树，叶片慵懒，缓缓摇动。丁辛辛的剪影是墨色的，构图很好，明天应该是个好天气。

丁辛辛，你什么时候学会喝啤酒的？我问她。

这还用学？她笑了下，没有回头，伸展双臂，剪影变了形状，像水草般，显得柔韧。

我突然想听听你的故事。我说完，又补充了一句，想知道你怎么长大的。

突然就长大了，等你手术做好了，我好好给你讲讲。丁辛辛拿起啤酒，再喝一口。不过，也没什么，都挺正常。叔儿，你觉得自己孤单吗？

不经常。我硬说。你呢？

话题一旦反转，就无以为继。

我拿出手机，莫名其妙地想把这一刻记录下来。拍完照片，妈妈的视频突然打来，慌乱中我按断了它，有点儿抱头鼠窜之感。我如此状况断然不能让她知道，否则鹰一般的老人定然会登上火车，星夜兼程地赶来。我年龄如此之大，可以当很多人眼中的前辈，在她眼中仍是孩子，且永远是。

想起我爸摔到腿的当夜，为了不影响我哥休息，我妈自己打车送我爸到了医院。次日凌晨办好手续才通知我哥。

爱是一种巫术，让人忘掉恐惧。难以想象那夜她是如何推着老伴儿跑完全部流程的，像个无所不能之人。等日后问起时，她甚是骄傲，说也没觉得难，不懂就问呗。

妈妈的善良是永恒的，像一种出厂模式。现在她忘掉了很多事情，说话偶尔颠三倒四，唯一没忘了善良。想着这样的人将被时间残忍地夺去记忆，拿走认知，大脑逐渐变小，回望来路时充满迷雾。

这公平吗？人生从来都不。

如我所料，我把电话挂断之后，丁辛辛的电话迅速响了起来。这倒让我略微踏实，看起来妈妈只是例行通话，不是发生了什么突发状况。我压低声音，让丁辛辛接电话，只是调整成音频，又怕她意志不坚定被问得露了馅儿，索性自己接了。妈妈的声音从微信里挤出来，很是急切，像破门而入。

无非是问我们吃了什么。我说吃了包子，牛肉馅儿，非常香，还喝了一罐啤酒。丁辛辛心领神会，憋住坏笑。

我妈说，少吃外卖，少喝酒。我说我不怎么喝酒，你放心。她又问我最近在写什么、上个电视剧写完没有？我说差不多了。她说，太费脑子，不要熬夜。这工作，唉，也是很辛苦。注意你的眼睛。

我说好，放心。

"放心"是成本最低的默契，至少让对方知道你感受到了她的关切。

我妈总在叮嘱，身体是第一位的，什么都不重要，要记住。我点头称是，目光在自己被钉住的脚上，有什么东西把鼻子堵住了让我难受，赶紧把电话递给丁辛辛。

我妈问她最近工作忙不忙。丁辛辛看着我坏笑说，就……还挺忙的。我妈说，不用那么忙，但也不要偷懒。你刚去，得知道努力，要向你叔叔学习。

丁辛辛说好。然后说，放心吧。

得到想要的答案，妈妈似乎忘了自己还有什么问题，只好总结说，反正你们俩，互相做个伴儿，都要好好的。

我们俩对着电话，头挤着头，说，好的，放心吧。

然后妈妈突然说，你爸爸出去换液化气，不知道什么时候回来。

我说妈，你记错了。现在咱们早不用换液化气了，那都多久前的事情了。

妈妈也意识到了，说哦，那就是我刚才做梦梦见了。那时候真是啊，还要把液化气罐搬下楼。多累多沉多危险。所以你们如果做饭，千万要关好火。

好的。放心吧。我们俩都没事儿。

放下电话，我俩都长舒了一口气。

隔壁床的大哥突然抽泣了起来。

护工大姐问，怎么还哭了？

他哽咽着说，我想家、想我妈了。之后越哭越凶。

他应该年纪比我还小些，因为身形叫他大哥实属不该。

我和丁辛辛相对无语，她不断地叠着毯子，四个边儿永远对不齐。最后她放弃了，扔下毯子和我，说，我回去一趟，遛下皮卡。

她关上门走了。不知道她会不会像昨天一样在门外偷着哭鼻子，还要竭力克制，嗓音喑哑。

我抱起小象，侧躺着，有什么东西突然就从眼角滴落下来，滑过鼻梁，流到另一只眼睛里去了。

我是个脆弱的人，之前都在装，现在完全不用。

熄灯时间后，丁辛辛回来，悄然躺下。我一动不敢动，怕她知道我还醒着。

她突然问我，叔儿，疼吗？她声线温柔。

不疼。犹豫了下，我回答。

明天做手术，你害怕吗？

不怕。

你装的。

当然是。我心里说，我脑袋扭向没有丁辛辛的一侧。

她躺下，小床咯吱作响，声音终于停了时，在黑暗里，她突然说，叔儿，不用怕，我自己都做过手术，还是全麻。

什么？我心里一惊，回头看她。窗外微微透过来光，她平躺在小床上，双臂打开，像仰泳一般，双手划动，臂展很大，几乎触到我的床和墙壁。她声音很轻，像讲别人的故事。

是大二的时候。她说。下半学期，我正谈第一次恋爱，突然被分手了。他在食堂外跟我说的，说喜欢上别人了，不想对不起我，更不想对不起她。让我原谅他，说自己会像亲人一样对我好，问我继续当朋友可以不可以。我说不可以，然后说，也不用当亲人一样对我，我有亲人，有的是。我转身就走了，没吃晚饭。当时挺难过的，就准备到操场上走走，然后想哭，哭不出来。

你跟我说过的，情感这件事儿很短的，快乐也短，难受比快乐长一点儿，但多难受都会过去。你书里也写过，最近我重新看，发现是对的。

丁辛辛浅浅笑了下，继续讲。

有同学吃完晚饭回来，我怕被看见，就跑了起来，越跑越快，到没有力气的时候，肚子就开始疼，冷汗直流那种。我小时候老听说，吃饱了不能立刻运动，容易得阑尾炎，可我明明没吃饭啊。

她手臂伸高，手在窗口交叠，一会儿展开，一会儿攥紧拳头，像两只小鸟在暗处扑扇翅膀，慢动作一般，非要冲到光那里去。

他可能怕我难过，做傻事，不断发微信来没话找话，问我在干吗之类的。我说我肚子疼。他问我在哪里，要来找我。我说不用。但肚子越来越疼。我自己到校门口，叫了个车，那时候已经疼得无法呼吸，我给舍友发了微信，说我去趟医院，免得让她们觉得我夜不归宿，又要笑我。车来时，我几乎要晕过去了。叮嘱师傅说给我拉到最近的医院去。师傅说没人陪你吗？我说病得急，来不及找人。我掐着自己的手腕，好像这样能缓解一些。

你怎么都不跟我们说？我打断了她，有些急躁。

说了有什么用，你们都不在，听了不是干着急？不如先解决问题。丁辛辛说。挂号、急诊，都是那个师傅帮我的，后来他连名字都没留，说自己没女儿，儿子不争气，干什么都不勇敢。进手术室前，我男朋友赶来了，气喘吁吁，满头大汗，说是去了我宿舍找我，听舍友说我在医院。

医生正在逼我找家属签字，我说我家人都在外地，来不了。他犹豫了下，我拿过单子，自己签的，我说生死有命，写下自己名字。医生本来不同意，但看我这样子，只得救人为先。我心里当然害怕，其实知道自己是在赌气，也有点儿折磨一下他的意思。这么说得谢谢他，不是失恋了，我没那么狠。

但签完字之后，我突然有种可以对自己负责的感觉，后边的一切，也不那么怕了，全麻也不觉得怎样。

手术做完之后，除了伤口疼，就是手腕疼，昨天按得太狠了，你看，这个位置。她借着光展示自己的手腕给我看，文身那块儿，看不周全，像个伤疤。

他照顾了我三天，一直到出院，我都心安理得，觉得是他欠我的，主要也确实不方便，各种不能动。到出院的时候，他跟我说，丁辛辛，我们还继续在一起吧，我这几天老想起我们刚在一起的时候。我想了想说不用啦，实在没法儿再重新喜欢你一次了。

在操场里跑圈儿的时候，我就把对他的喜欢全都消耗完了。所以，可见不多。

然后呢？我问。

然后我跟他说，这三天我们也两清了，我说谢谢他。看着手腕上我自己的指甲印，怎么看都像条变色龙，出院后我就去文了这个，当作纪念。她手指在变色龙文身上轻轻拂过，像安慰它。是不是特别幼稚？年轻总得干点儿傻事。丁辛辛看向我，眼神黑亮。以后再也不乱文了，疼上加疼。

丁辛辛笑了几声，算是为讲述画个句号。她并不想继续话题，以此截断。我也暂时问不出问题，只为她当时的勇烈感到辛酸和震撼，被迫需要认知的事实是，我的侄女丁辛辛，早已自行长大了。

侄女，你比我厉害多了。我说得分外由衷，一旦我代入她，进入她描述的场景，试着应对当日艰难，便更为自己此刻的内心感到羞耻。

所以没什么，不要害怕，打完麻药，下了手术台，又是一条好汉。丁辛辛放下手臂，攥紧拳头跟我说，加油。

是的，我必须得有点儿叔叔的样子了。

对。早点休息吧。我说。明天的事明天再说。

其实我基本没住过院，半麻的手术我更没做过。

早上我继续害怕了起来。

背对着麻醉师绝对是一种恐怖体验，即便她开玩笑说你皮肤状态不错，不像四十。其实玩笑可以不开，最好什么都别说，咱们直接动手。

此刻我佝偻着身体躺着，背对着麻醉师，尽量展示自己的腰部给她，像尾带鱼，炸过的，骨瘦如柴，不怎么香。

其实全麻或许更适合我，据我爸（有全麻经验）说，药液打入脊柱后倒数十声人就不省人事，而雷悟（有半麻经验）则讲过，全麻的可怕在于术后药效未过，人刚清醒时将陷入癫狂，会胡言乱语。但似乎都好过我现在这样，几乎衣不蔽体地羞耻地躺着，身体越来越凉，随时等她在我脊柱上插入什么东西，但她迟迟没有动手，像在等待什么吉时。

昨晚上当然没有睡好。

丁辛辛睡熟后，我拿出手机，打开备忘录深呼吸了很久才平静下来。我将银行卡信息和持有的股票信息等一一复制进来，写下交易密码。大概算了一下账，各个账户现金加起来还有三十多万，股票最近没关注，不知道最后剩多少，那像是无所谓的事情。

我没有理财，也没有外债，雷悟欠我的十万没记入进去，他应该不会赖账。

物品上，我没什么贵重的，令人遗憾。除了身边的笔记本、iPad，剩下的耳机什么的电子产品也不值钱。三十多岁时，我有几年热衷买表，贵的有三四块，后来统一不戴，现在只戴一块 Apple Watch 记录心跳和运动频率，像每天活着的唯一证据。我没有买转表器，不知道那些贵点的表都放坏了没有。

车开了近六年，基本没有可卖的空间。

然后就是老狗皮卡，不用太挂怀。我万一有事，它该为表忠诚郁郁寡欢多日随我而去才对，会上社会新闻那种。可它看起来豁达开朗，能吃能睡，不是这个性格。百度上说，刚毛猎狐梗上限能活到十五到十七岁，这也麻烦不了丁辛辛几年，就连手表一起都留给她吧。

作品集我打包了下，统一发给雷悟。他应该不会太惊奇，因为我怕电脑突然崩溃，日常稿件总是给他邮箱备份一下。如果有机会发表，稿费全给我妈。应该没有多少，权且当作一份骄傲吧。我把备忘录的内容也给雷悟发了一份，希望他未来发现时边哭边看，画面颇为动人。

这么算下来，人真正拥有的东西确实很少，身外之物甚至连记录下来都不值得。

再悲观地想，大部分人一旦故去，得到的不过是他人的一句惊叹，基本上震惊和疑问大于悲伤。疑问多是怎么死的，得了什么病这些，顺便附带一句诸如他是个好人之类的评价，而更多则是他们作为生者的个人感受，比如太可惜了、这么年轻、活够本儿了，如此种种。评价的内容最少，大多数人连盖棺论定都不需要。

这样想来，便也不觉得伤感。何况我暂时没死，担心的一切或许纯属多余。略微遗憾需要修改的只剩下死因的标题：中年男人"捉奸"赴雪场摔伤，因突发医疗事故身亡。

不过这也很难修改，只好任丁辛辛怎么说吧，相信她自有办法。

进手术室前，还是给楚储发了条微信，在"早"字之后，说了声"我爱你"。我必须承认，更多字的版本我也打过，但又觉得多说无益，过于啰唆。万一（我怎么这么说）我全须全尾地醒来，会极为尴尬。

人真矛盾，想到真要死了，竟觉得一了百了听之任之可以毫无挂碍，而一旦明确还要继续活着，就立刻千丝万缕、愁肠百结、事无巨细起来。

把手机交给丁辛辛保管时，我说，密码和门的一样，但你对天发誓，不到万不得已，绝对不要打开。

丁辛辛看着我临终一般，也只能尽力憋住笑，保持严肃。眼圈又突然红了，想了想说，别啊，叔儿，你小说还没写完呢。

算作勉励。

我把手伸向她，场面滑稽又悲伤。突然想起当日被推出手术室的我爸，他更幸福些，全家都等在门外。他出手术室后就开始掉眼泪，或许是麻药效力未消退，握住我的手，张口想说话，愣是说不出来。

那天我们生生等了四个小时，不敢上厕所，不敢抽烟，不敢坐着，也不想站着，总之什么姿势都不对。而今接力棒传给侄女丁辛辛，希望她也虔诚地等我。

终于身后钝钝地疼了一下，读秒场景并未出现。我手被扎住，在身体两侧，下半身被白布覆盖，生生将我和医疗现场隔开。手术室进来四五个人，看起来这手术虽小，但颇费医生。

有人拿什么尖锐的东西在我腿上扎来扎去，不断问我，还能感受到腿吗？我说可以。医生穿无菌服，戴口罩，眉眼干干净净，让人看着放心，他声音挺大，像对着耳背的人说话，认真问我：还有感觉？

我点头说，有。

他说，看来你平时比较能喝。

我说，我可不能喝，一杯啤酒就发晕。

他又问，那现在呢？

我说，现在倒是不想喝。

他说，我问你现在有没有感觉。

我认真体会了一下，说，哦，现在没有了。

我妄图睡着，但没有得逞。主要是手术室有点儿冷，还从被迫听来的信息得知，不是这手术费医生，是主治大夫带了学生现场教学，有男有女。

想着自己为医疗事业培养人才做了些许贡献，牛蛙般躺着的我也觉得欣慰了不少——觉得还是死了算了。

在讲完原理和我伤处的独特性之后，医生跟我说，既然都打开了，之前有问题的部分，也就顺带给你修一修，送你了。我想起之前自己踢球也伤过脚踝，肿过三天，没太在意。现在反正我为鱼肉，人为刀俎，你说顺带就顺带，我还能站起来走不成？

我也知道为什么要控制住我的双手了。

器械交互发出声响，我全然不知道下半身的情况，什么也看不见，索性闭上眼睛。奇怪的是，芜杂思绪一点儿都没有。时间消失不见了，一切静止下来，有某一刻我似乎睡了过去，但没有做梦，耳边声音仍在，身体却浮游一般，飘荡在墨蓝色巨大的空间里。我知道他们是谁，但他们没有形状，更无面目，我们也交流，但信息显然不是靠语言获得，状态颇像手冢治虫漫画《火之鸟》中的场景。

人生于莫名之处，又终逝于那里，从来没有目的，更谈不上什么意义。

被推出手术室后，映入我眼帘的是丁辛辛焦急的脸，显然不只是为我，因为她匆匆地说，我要去上个厕所。然后跟身后的人喊了一声，交给你了，转身咚咚跑开。我说丁辛辛你别走。手已伸了半截，却被另一只手牢牢攥住，虽然细瘦，但骨节突出，手的主人头发微卷，长长披散下来，此刻她正将耳边的头发撩起，眼睛里都是关切，也有几分责备。

　　车在身下缓行，我躺着只露个头。现在脸色苍白，眼睛需要上翻才能和她对视，应该有抬头纹，不大美观。她推着我，脸就在我正上方，是倒置的画面，但我依然认得出，她是楚储。

17

我不能放下的一切

心是真的会疼的，只是很久没有疼过，
不大熟悉的感觉。

真是楚储。

不知道什么时候起，我去掉了她名字前的"我的"，那么叫矫情，不尊重事实，还像夹杂着哀求。你当我小心眼儿吧，实际情况也是如此。

护士和隔壁大姐刚将我摆上床。修补好的脚再度被架高，像人、头、脚都被弄反了，正滑稽地要用脚狙击什么。总之我还是不能动，是个废物。我谁都不理，趾高气扬。我活下来了，突然变得坚硬无比。

幸亏枕头上什么都没有，昨夜流得泪痕早已干透。

我平躺着，一句话都不说。

世界现在欠我自由、真爱、行动能力、劳动成果，很多很多。

我为它枕戈待旦奋斗良久，对它求索、信任、孜孜以求，可它一概不知，直到刚才，我真正醒来前，它仍对我坚硬如铁，毫不留情，不带一点儿怜悯。

它既不因我谨小慎微就对我宽恕，也不因我巧言令色就让我备受责难，对我对我妈都是。它不公平，即便我从来没有奢求过这些，但它一点儿不给我，不够意思。

但我是给它写过遗书的人，彼时心里还涕泪横流，倾倒出我的恐惧和不舍。而今它竟仍容留我活着，不是因为它对我有所怜惜，只是正常、概率、自然而然。

一旦得知这些真相，我便不再恐惧，我要狡诈给它看，猛烈给它看，伤人给它看，反正怎么做都差不多，现在你奈我何。

但它此刻不在，明明昨夜是在的，现在不见了，或许融到窗外白花花的日光当中去了。四月的晴天里，风、树叶、万物都该是最好的，再往前走一步就太热，太煎熬，苟延残喘，分外狼狈。

可恨只有我躺在这里，再躺下去，就要错过整个春天。

我平躺着和世界怄气，一句话都不说，无从说起。楚储坐在丁辛辛买的塑料凳上，有点儿手足无措。其间，她问了一句，还疼吗？我面无表情，说，不疼。确实不疼，不仅不疼，甚至身下还有一股暖流。

她何时来的？是和丁辛辛一起守在手术室外吗？她是否也坐立难安？她为我担心了吗，像我曾经担心她一样？

其实我一点儿都不在乎，我现在也不想见到她，更不希望她看到这样的我。不过看到也无妨，我早已对这些没有了兴趣。

世界欠我很多，她不必还，她继续欠着就是了，不用利滚利，那样会没有尽头，我懒得讨要，连伸手都不想。

楚储呆坐着，似乎在研究还有什么问题可以问我。

她也蒙掉了是不是？也突然之间找不到自己该有的姿态了对不对？真像情侣那样的话，该是语带嗔怪，实则饱含深情，边骂边笑才对，不是吗？

如果是朋友，大概会趁机开心拍照留念才行。影视剧里俗烂的桥段，要在石膏上写字画王八留念。友情让人放松，可以随意出糗，何美和雷悟都会这么干。

楚储什么也做不了，卡在关系的微妙之处，动弹不得。

这竟让我非常享受，我乐意看她受此折磨，借此，也再重新折磨自己一遍。她凭什么可以被一个人理所当然地爱着，那么心安理得毫无忐忑？现在她不知道怎么办是不是？是，我们毕竟没有这样的相处经验。不亲吻，不做爱，我们就无事可做，是不是？

丁辛辛救命一般地回来，热烈地拥抱了下我，压得我胸口疼。然后抬起头来问我怎么样，我冷着脸说，渴。她说四小时之后才可以喝水，六小时后才能吃饭。现在还不到时间。

我说好，丁辛辛看了眼楚储，想要向我解释什么，但有什么吸引了她的注意。然后她说，叔儿，你好像尿床了。

刚才的暖流原来不是错觉，是我体内的液体在肆意横流。我浸泡了我自己，昨夜用眼泪，今天用尿，无所谓，液体和身体都是我的。医院料事如神，尿垫居功奇伟。

现在的我，确实需要无所畏惧。后边的慌乱我想略过不提，脚反正是越来越疼，麻药迅速过劲儿了。

护士来时显得见怪不怪，说这虽不多发，但也属正常，只是换床单时感叹说咋尿这么多。她撤掉旧的床单，麻利地换上新的，安置好一切后，放下新的病号服，甩下一句，家属给他擦下身子啊。

丁辛辛和楚储面面相觑，我必须结束这一切，我几乎是喝令一般说，你们都出去吧，我自己来。她们仍在床两边站着，似乎不忍，直到我再度大喊，都出去！

这样的二选一怎么看都是困难的，即便此时我只是标本一样的人。我拜托隔壁大姐倒了一脸盆温水给我，又求她拉上帘子。我仰面半躺着，用湿毛巾默默擦洗自己，没有半点儿羞臊，双腿之间的东西毫无生机，蔫头耷脑，像做错了事情的皮卡，感觉将永远不听使唤。短时间内，除了尿尿，它应该也没有其他用途，尿对地方就行。

我和隔壁的大姐说，帮我找个护工，要男的。她说你这没必要啊。马上就能下床，别说尿尿了，洗澡都行。大哥跟着帮腔，说，刚才那个是你老婆吧，她不管你啊？看着是吓蒙了，这事儿就是这样，当事人都比家属轻松，唉，我老婆是来不了……

木乃伊大哥嘴是一天比一天利落，恢复得真快，让人对医学充满希望。

我懒得解释，隔着帘子说，大姐快帮我找，一秒也不要耽搁。大姐说好。我说，你再帮忙跟门外她们俩说一声，我弄好了，她们可以进来了。

脚开始疼了起来。膝盖之下像被夹在两块巨石之中，无法移动。疼痛是伴着心跳的，一股股的，这一下强于上一下，永无停歇。术前我执意没有要止疼泵，现在疼出冷汗，有些后悔。我又不是天才，大脑没有什么必须被妥善对待重点保护的理由。好处是疼痛让我不爽、痛恨，疾恶如仇，更让我清醒，助力我断绝一切。

楚储和丁辛辛再度进来，我已盖上被子，只留脑袋和脚在外边，像个临终之人。这样也好，可以让她们忘了我刚尿过床。但也许应了那个成语，欲盖弥彰。

丁辛辛拿起车钥匙，说，我……回去遛下皮卡。再深深看我一眼，说，叔儿，你看下微信。

她就这样自作主张地把楚储留给我，任我在废墟里半躺着，自己扬长而去。

我昨夜对她的感激一丝不剩。

我还是拿过手机来看，是丁辛辛发给我的微信，说，我什么都没跟她说，她一直打你电话，我只好接了。

五个未接，一个已通话，通话时间确实很短，大概是丁辛辛跟她说了我的情况。她立刻前来，让我觉得有点儿安慰。

楚储此时发问，确实也该说话了，她握住我的手，问，你为什么都不告诉我。

但问话和动作显然她都不熟悉，一切都很僵硬。

你告诉过我了吗？我心里有个声音，几乎要弹射而出。

不是什么大事儿。我的回答生于风暴处，被说出时却变得无比平静。

我把手从她的手里拿出。她骨节冰凉，会再度灼伤我。这握手若不在亲吻里，不在爱里，只在日常里，就显得突兀且荒谬。虽然此刻我极度渴望她拥抱我，脖子贴紧我的，血管贴近血管，即便隔着皮肤，也汩汩流淌出想念或者更多信息。但我腿很疼，无暇他顾。我脚被封在水泥里，钢筋胡乱拧着，越来越紧。

楚储眼睛里是关切吧，应该是，但我不想再看，再多看一眼，我都无法再往下进行，我做了一个决定。

我手回到手机上，我不想说话，不是不能，声音都被我吹熄，配合这沉默气氛，我跟楚储示意说，打字给你。

我头上沁出冷汗，不只是因为脚疼。

语言总有偏差，文字相对准确。有些话用嘴说不出，过于文雅或者严厉，不够口语化，不大好用。文字好些，一一打下来，还可作为证据。然后我发现，我发给楚储的"我爱你"没有发送出去，或许是手术室外信号不好的缘故。这无疑救了我，便于我们此刻切换回陌生人。

突然想起某次我洗完澡，按习惯用湿纸巾擦手机。面容识别速度过快，手机被切入微信界面，楚储在置顶的位置，分外显要。大概我在等她的一个"晚安"或者别的什么。我身体尚未擦干，水正滴落在地面上。脚半干半湿，很不舒适，我用浴巾去擦。再抬头时，楚储的聊天记录被我全部删掉了，变为一片空白。

我裸体奔出，差点儿踩到门口等我的皮卡，它受到惊吓，惊慌站起。我将手机恢复出厂设置，再花十二小时将云端存储的内容重新存储下来，那样可以把手机恢复到昨天凌晨，我和楚储的对话都会重新回到那个时间，像我们在无垠荒漠中，再度站好恰当的位置，保持距离，一切如常。

我曾那么珍惜它们，认定它们不可失去。虽然我很少回看，但需要它们，那些"早安""晚安"，日常句子，那些无关痛痒的话，你来我往毫无信息量的东西，被称为联系的种种。为什么我会在断片儿的那夜，将它们通通删掉，我有过一丝留恋吗？我在这空的对话框里都讲了什么？但现在这些都不再重要。

删除掉"我爱你"，我默默打字，手机被我调了静音，没有声响。

今天，我要对我自己宣判，我打字说，我们就到这里吧。

心是真的会疼的，只是很久没有疼过，不大熟悉的感觉。

那年，我、何美和老程去冰岛。在某艘游艇上看那些冰川，海面呈墨蓝色，冰川透着青蓝色的光，状如巨大琥珀。它突然像被无形的巨斧劈开，缓慢下降，继而激荡起巨大的浪花。急于止痛一般，海水迅速将冰川的伤口掩盖住了，轰鸣声被海面一口吞下，没有回响。剧痛化为叹息，像什么都没发生过一样。

哇，像成年人分手一样。在奇观前，我说。何美大笑，她有时笑我矫情，很多时候又被我的准确打动。她声音划出去，无法抵达水面。海确实大，成熟稳重，绝不大惊小怪。

楚储双手端着手机，若无其事。是啊，她怎么会有事呢，她那么"坚硬"地看着手机，像座冰山，有雾气蒙上她的眼睛。她咬紧了下唇，像看到了什么要令她痛哭的话，此刻必须要有的表情，像要对得起这样的情境。她这样被我看着，距离那么近，却又要变成远方一般的存在。

我陪你待一会儿吧。

"对方正在输入"很久之后，她发来这句。

我说，好。

她说，好。

时间慢慢滑行。窗外的晚霞在重复昨天的，做着预告，明天又是一个好天气。

我身体变得暖暖的，希望不是又尿了。麻药全部消退，随着疼痛，其他感受也都回来了，被子正在发挥作用。我的胸腔内全是冰凉的氧气，像儿时大哭过之后的状态，必须大口呼吸。

分享一首歌给你吧。我把那首 *Light Years* 发给了她，歌曲来自 The National 的专辑 *Light Years*，中文译作《光年》。

歌词我没仔细看，但旋律很好听，像讲出了一个好故事：

You were waiting outside for me in the sun

你曾在烈日下等待我

Laying down to soak it all in before we had to run

在我们必须跑之前躺下来把它全浸进去

I was always ten feet behind you from the start

我从一开始就和你有十英尺的距离

Didn't know you were gone 'til we were in the car

直到我们上车我才知道你已离我远去

Oh, the glory of it all was lost on me

我已失去曾经所有的荣耀

'Til I saw how hard it'd be to reach you

因为我已察觉想要到达你身边是那么艰难

And I would always be light years,

所以我将永远距你光年

Light years away from you

距你光年之远

Light years, light years away from you

距你光年，光年之远

听完这首你就走吧。我打字。

嗯。她回。

我们小声放着歌，一旦想到这是最后一次使用"我们"，我的心就剧痛不止，但就这样吧。

三分三十三秒后，音乐停了，她站起身，我知道一切都要结束了。但也没什么，我已经恢复到正常的我，伤口疼着，人还活着。我熟悉的关于她的味道正在一点点远离我，她没有再看我，埋在黑头发中，又迅速抬起头来，脸又如满月一般了，然后她走出门去。

我无法说出再见，更加确认语言没有效力，有的过深，有的又太浅，总之词不达意。

我就这样躺着，想赶紧睡着，像儿时打点滴时那样。我总是撒娇，自欺欺人，跟妈妈说，这样护士来拔针时，我就睡着了，就不会疼了。

只是身边没有妈妈，没有人再听我讲这样的话。

护工来的时候我醒过来，跟他确认了时间，开始咕咚咕咚地喝水。丁辛辛回来后几次都想跟我解释什么，嘴巴一张一合，像尾金鱼，可我全然不想听。我生着她的气呢，但故事发展成这样，委实不怪她。

我和楚储这一幕我想过很多次，认为迟早会发生。只是从未想到是我在病床上，人动弹不得的时候，更想不到的是我们面对面却没有说话，靠发微信说了再见的话。

总有结束的时候吧，这样下去不是办法。我隐隐这样想过，然后迅速把这念头丢掉了。现在我终于知道了故事的结果，中间的几个疑团不解开也就不解开了。

就到这里吧。如我所说的。

成年人的关系本就松散，是靠自觉自愿维系的，比我的胫骨还脆弱得多。而一转身就是诀别这样的话，确实是真的。

如此想来，心比腿更疼了一些，反而缓解了真实的疼痛。我让丁辛辛回家去住，说我这边有护工帮着照顾，她这两天也没好好休息，应该回家睡个好觉。何况皮卡两夜没有人陪，不知道会不会叫得太凶，打扰邻居。

半夜我疼醒过来，索性是睡不着，就任由疼和疼在身体里交战。我渐渐熟悉了它们的规律，知道它们何时在排兵布阵，又何时将随着血液再度抵达，将痛苦源源不断地输送给我。

隔壁大哥鼾声如雷，忽而又如泣如诉，我录了下来，作为证据。准备明天放给他听，告诉他，他已经恢复体力，要对自己变回正常人充满信心。

18

我不能放下的一切

人生可以不需要爱情,
但需要蛋白。

次日轮椅到了，果然很丑。

阳光下就更丑。

天气真的热了。丁辛辛换了短袖 tee，放下车钥匙，脸红扑扑的，帮我开窗通风。世界已被初夏全面接管，我眯着眼睛看看外边，人还留在春天里。

我可以吃饭了，虽然没有胃口，但成年人没有娇可以撒。想着身体需要恢复，我勉强自己吃了一些。今天的盒饭是西红柿炒鸡蛋，又甜又咸，别人永远的神，我永远都不喜欢。

好消息是尿尿成功了，虽然是坐着完成的，但毕竟是在真的厕所里。

我被护工大哥扶着，艰难地攀上轮椅，比想象中更艰难一些。现在看来，正常人认为一条腿有问题可以靠另一条跳来跳去，那是错觉。我负责任地讲，一旦右腿受伤，左腿也变得毫无力气，全身都受牵连。尿尿姿势当然古怪，两只脚需要都平举起来才能更舒服些，人像坐在皮划艇上，身下却是马桶，非常败兴。

尿尿还好，拉屎就有点儿有心无力。加上缺少肠胃蠕动，等了半天没有结果。新来的护工我叫他王哥，看起来老实本分，一句话也不多说，不想跟我熟悉起来的样子，身上有一股汗味儿，但不难闻。他见我出来，将我的腰揽住，几乎抱起，放回轮椅上去。

丁辛辛在厕所外等着，跟护工说，王哥，我带我叔儿出去晒太阳。

我说我不去。怕她找机会跟我对话，要勉励我。

我不需要勉励，手术做好了，身体想站起来，我自己却还想躺着。我确信自己能好，只是需要慢慢的，也不用谁关心，最好都不要过问。

但王哥听她的，像知道谁是正主的老猫，憨厚里总有奸诈。他将丑轮椅的把手转交给她时，我已经被丁辛辛戴了帽子和口罩，胸口塞了小象，强行推到电梯里去了。

现在的我，和其他患者一道，坐在轮椅上，并排列队于院内一处月季花墙下。月季浅粉色和黄色都有，均开始打苞儿，大大小小，有上百朵。

四月阳光下，我腿上盖了毯子，是标准病号样，唯一不同的是手里抱着小象，显得智商不高的样子。毛线帽勒住我的头发，扎头皮，耳朵很痒，主要是热，我有点儿冒汗，跟丁辛辛请求说，可以回去了吧。

丁辛辛将我掉转过来，说让我晒晒背面。路上她一直研究轮椅的用法，现在用脚踩下机关，怕我逃走一般，将轮椅锁住了。我说，丁辛辛，你差不多得了，我现在只想回去躺着。

想躺着还不有的是时间，多晒晒对你有好处。她说完，从耳朵里拿出一只耳机，硬塞进我的耳朵里。

歌响了起来，单声道，并不好听。

我不想听，我要回去。我愤怒地摘下耳机，将它递给她，她不接。人已经靠在我旁边的长椅上，看起来铁了心不打算起来，更不会让我起来。

说起来，我们俩没有就楚储的事进行过任何探讨，我的表情、姿势、状态无一不表达着抗拒。每次她欲言又止，我都表现出"我不想聊"。但此刻我被轮椅锁住了，她在我旁边的长椅上坐着，用手挡住阳光，怕把自己晒黑，眼睛微闭着，像要睡着的样子。然后她像趁我不备似的，突然说，我觉得她还是爱你的……

我想打断丁辛辛，她的话和她的腿。

可现在断腿的是我。我被迫和侄女在月季花墙前坐着，面朝不同的方向。太阳是公平的，不欺软怕硬，我后背像有小虫在爬，缓缓地从上至下，该被叫作暖意，或许是真的小虫。我重新将耳机戴上，总好过听她讲这些碎碎念。

我当然知道我和楚储之间有很多空白，在我下半身被麻痹的时间之内和之外都有，但留着就好，不用非得填充。

耳朵里传来那首 *Right On Time*，配得上我现在的心如死灰。可我另一只耳朵被迫在听丁辛辛的讲述，或者想要去听，矛盾的身体被切成两半。

那天她来的时候，显得并不着急，这让我非常不解，觉得她并不在意你……丁辛辛这样开始的讲述，写小说的话应该算是个好开头。

据丁辛辛描述，手术室门关上后，她想坐一会儿，但走廊里人满为患，家属们都很焦虑，让人感觉拥挤，没有氧气。她躲到楼道里，找个台阶坐下。我的手机亮起，来电是叫楚储的人。丁辛辛当然知道她是谁，但觉得私自接我的电话并不礼貌，虽然好奇，还是看着手机不断亮起，直至它熄灭。

之后电话不断打来。丁辛辛按捺不住，最终接了。对面声音明确，问，怎么不接电话？

丁辛辛只得表明身份，说我叔儿不小心扭伤了，正在做个小手术，现在在手术室里。对方沉吟了下，问了是哪个医院和手术楼层，说你在那里等我，我现在过来。口气不容拒绝。放下电话，丁辛辛开始后悔，觉得没有和我商量，一定会挨骂。

四十分钟后楚储才来，带着笑意，化了妆，显得优雅，不慌不忙。和侄女相认后，她介绍自己，落落大方。见没有座位，拉她回到楼道里，席地坐下，毫不在意。她从包里掏出两个三明治，夹着厚厚的芝士和牛肉片，还有番茄和酸黄瓜，说是她自己做的。

我想跟丁辛辛说，这块不用讲这么细。

楚储逼着侄女和她一起吃，还说你肯定来不及吃饭，等手术费心费力，得吃东西。她还拿了咖啡，说在医院门口买的，热美式，没给你加奶，但现在烫，还下不了口，放放。她将咖啡放在自己和侄女中间的台阶上，开始大口吃三明治，她撩耳际的头发，对着丁辛辛笑，像跟她认识很久。

丁辛辛看着她，顺从地吃三明治，感觉她是熟悉的陌生人。楚储是被我描述过的，被她偷偷观察过的，一盒子照片中各种不同情态表情泄露出来的，加上在雪场跟踪所得，这些拼凑出来的信息一旦落到真人身上，还是有很大落差，而且怎么看都不是我口中描述的那样——冷漠绝情，对什么都置若罔闻，爱啊、照顾啊、温和地对待啊，用不用得上的，都据为己有，那样贪婪的女人。

不是那样。

但或许那样的女人都让人无端信任，心生好感。丁辛辛这样想，防止自己跟她过于亲近。那感觉类似背叛，我叔叔为你受伤，你却一瞬间就将我降服，收入你的阵营，这不可以。但事实是，这些天承担了很多的丁辛辛和楚储肩膀抵着肩膀，立刻觉得有了依靠，被照顾着，有人在身旁的感觉真好，侄女身体已经是大人了，可实际还是个孩子，只是毕业了，开始工作，被迫成为大人。

丁辛辛一时间几乎要说出我腿伤的原因，仔细想想又觉得不妥，只好跟她一样，大口吃着三明治，将真实情况压回肚子里。

楚储确实明亮好看，气息温和，有一股莫名的亲切感，容易被人喜欢。丁辛辛补充说，像在劝我。

而后楚储又从包里掏出一盒乐高，花束那版。我和楚储某次见面时聊到过，我说乐高即便做成花束，看起来仍像宇宙飞船，机械冰冷，我没拼过，感觉自己不是那块料。

楚储见丁辛辛不解，说这是我给你叔叔买的生日礼物，还没来得及给他。我知道他最近写东西，压力大，也帮不了他什么，但你知道，脑力劳动靠睡觉是补不回来的，得干别的。动手的事，你叔叔动手能力不行，但还是想让他试试这个。

听到这里时我内心不争气地涌起暖流，我以为我所说的，她当夜就放下忘记了，都留在我家，从来不带走。没想到她都记住了。

丁辛辛跟她说，你拿着乐高来，像来看望小朋友。

楚储笑说，你叔就是小朋友。看起来坚硬，百毒不侵，内心还是个小孩，不超过八岁，但这样挺好，我可没有讽刺他的意思。

楚储还说，收到这样的礼物他肯定崩溃。他是个一旦有了目标就不会停下的人，再不喜欢，也必须完成。所以这个礼物，对他来讲说不出是福是祸。楚储说完哈哈大笑。侄女跟着笑，觉得楚储是了解我的，难能可贵。

楚储几乎不送我东西，除非我要。她曾在我强烈要求下送了我一条手链，棕色绳子，中间有颗石榴石，血红色的，被周围绳索牢牢拴住了，像裹着一颗心脏。我出门时总是戴着它，须臾不敢摘下，像她在我身边。也总是担心，会不会有天这颗心就会滑脱出去。绳子越来越松，在我手腕上晃荡。

丁辛辛继续讲。楚储打开了乐高的包装盒，说我们给你叔开个头儿，记个时间，剩下的就交给他了。花束积木块有七百五十六块，花头共计五朵，按步骤先得分出叶片和花束，两人分工合作，丁辛辛被安排做枝茎，这倒是减了不少等待的焦躁。

事后想起来，丁辛辛也觉得不可思议。在这样的春日下午，楼道里两个女生因为要等待同一个受伤的人，共同拼着送给他的礼物，因此有了微妙的连接。

她们拼了四十五分钟，聊些关于我的事，互相补充信息，有时笑出声来。直到说起我的受伤原因，丁辛辛才逐渐清醒，并为自己在愚蠢地拼乐高的行径感到恼火。受害者生死未卜，或许这样说言过其实，但至少楚储是始作俑者。现在她却坐在这里，脚晃啊晃地怡然自得地拼着乐高，这太不像话。

丁辛辛心烦意乱，把乐高扔回纸袋里去。制造商颇为贴心，赠了牛皮纸的桶，用来盛那些做好的花束，现在里头已经盛开了一朵花，过去和未来都是碎片，此刻却是花的塑料制品。

她禁不住气鼓鼓地问，我有个问题，你爱我叔儿吗？

丁辛辛语气坚定，唯恐此时不说下一秒就后悔。楚储让人觉得安心，不像我所描述的那么神神秘秘，总是消失不见。此刻她就坐在这里，稳稳当当，托住了丁辛辛的惶恐，她还是个孩子，不像楚储，像是个比叔叔还成熟的大人。

她说楚储没有回答，也没有生气，手里继续忙碌着，说，这是我和你叔的事儿，你不用管。

但她直接回答不爱就好了。如果在此情境下问我，我一定大声说当然了。骗一骗丁辛辛也好，既然都说了和她无关。我绝不会如此吝啬，可楚储就是这样的，在这种事情上锱铢必较。

丁辛辛那时很想上厕所，又觉得手术差不多要结束，不敢动弹，正在纠结。忽然听到手术室外护士高喊"丁本牧"的名字。楚储比她更快地弹起，迅速将一切收好，出楼道时甚至抢了丁辛辛一个身位。丁辛辛不甘示弱，她突然感受到了楚储的急切，似乎这个女人更在乎我的生死，超过这几天提心吊胆但必须假装平静的她。

楚储的焦急让丁辛辛火冒三丈，你早干吗去了？觉得楚储不应该是提早于自己看到我的那一个。你说她急什么急！甚至连自己爱不爱你都说不出！

行，你不想听，我不讲了。丁辛辛停下来。这时我已经摘下耳机，手就这样坚持举着，似乎她不接着我就永远不会放下。

后边的事情你都知道了。她说完眨眨眼睛，接过耳机，样子无辜。

我只是后悔怎么没有直接问她陪她去雪场的人是谁，我明明有机会问的！丁辛辛将耳机收入耳机盒，左右弄反了，一只掉到地上，她弯腰去捡，没有注意到我已经火冒三丈。天气太热了，让人口渴、焦躁。

你昨天有没有问她，叔儿？

丁辛辛你够了！我几乎是在低吼。

这事儿跟你有个屁关系？什么爱不爱的？我都多大人了，追问这个有意思吗？我和她就是一个上床的关系，我说明白了吗？她来随便良心发现一下就把你感动了？你怎么那么幼稚？我脱口而出这些话，随即立刻后悔，但也无法收回。

就当我是那种医院里随处可见的被病痛折磨得脾气暴躁的浑蛋吧，与之对应的是家属们永远噙着热泪，袖手站着，佝偻着背，点头哈腰，像这是他们活该受着的，谁让他们非要去爱这些人。

我和楚储昨日关系已经画上了句点，今天断然不可以死灰复燃。

丁辛辛愣住了，吃惊地看我。

你别瞎掺和我的事儿了！管好你自己！我声音越来越大。一不做二不休，我必须让这个事情有个终结。

是你根本不敢面对她吧？其实你也不敢面对真实的情况。所以你才一直这么拖拖拉拉，你不是控制狂吗？是因为……你根本控制不了别的，只能控制你的时间和你的狗！丁辛辛说完这些，定睛看着我，耳机盒合上了，发出咔嗒一声。

是啊，没你厉害，没你当断则断，你自己都能做手术！谢谢你看我看得这么透彻。我有点儿自暴自弃。

那是我编来骗你的！还不是为了鼓励你！也就你愿意信！丁辛辛不甘示弱，脖子梗着，又突然放弃了。

她站起来，大踏步走开。

你把那个锁给我打开！我在她身后喊。

丁辛辛，我侄女，现在扔下我不管，任我在小花园里坐着，白痴一般。我的轮椅纹丝不动，最后只能佯装自己是植物爱好者，端详那些将开未开的花骨朵儿。

她到底像谁？不像我哥也不像我。

现在我是物理意义上的举目无亲。

骨科医院的花园风景不错，我很孤单。

之前我认为自己什么都不缺，但现在我知道，我什么都没有，只有我自己，即便是仅有的这个自己，也只有上半身能动。

我竭力去够那个锁定键，却全然使不上力气，轮椅几乎要歪倒下去时，有什么人施力将我托住了。

回头看，是丁辛辛，她还是非常生气的样子，气冲冲的，不加商量，推上我就走。

我嘴硬说，你有种别管我啊。

她不理我，自顾自地将我推回病房。王哥在床边等我，将我扶上床，我看到墙角几上有乐高的花束，三朵花孤零零的，正站在牛皮纸袋里窥探。丁辛辛不理我，跟王哥说，我去买晚饭了。

我在房间里生闷气，叫了王哥说，帮我把那把乐高花扔了。

王哥问，什么花？

我用手指给他看，他过去，确认了一下，问，这是花啊？这挺好的，真的要扔掉吗？

我说，我怕塑料。

王哥说，啊？第一次听说。

我说，我怕假的一切。这多假啊。

王哥应了一声，说，好，扔。

然后将它们统一收到一个红色塑料袋里。

盒饭被丁辛辛放在我床上的小桌子上。她仍只跟王哥说话，我回去遛狗，明天再来。似乎王哥是我。

王哥把塑料袋递给她，说，你叔让你扔了。

丁辛辛接过来，狗一样地打开，看了看，又猛地把袋子收紧，仍气鼓鼓的。

我视线随着丁辛辛的身影移动，但她完全不看我，走得相当决绝。我只好端详眼前的晚餐，菜是青椒炒蛋，两个素馅儿的包子，是角瓜鸡蛋馅儿，一碗玉米粥。教练说过，有鸡蛋就行，蛋白最好吸收。

他还说，人生可以不需要爱情，但需要蛋白。锻炼时要提高心率，他说公式是二百二减去你的年龄，就是你的最高心率，这么算下来你是一百八，还有提升空间，来，再来一组。心跳就在胸口，几乎要炸开，我坚持不住，不断告饶，说为什么要用二百二减呢？教练说，人出生前的心跳就是二百二啊。

那么小的心脏，孕育之初开始跳动，二百二十下，极限速度，之后永不停歇。赤子之心吗？听来让人感动，我瞬间记住了这个数字。想，人或许是不断退步的也说不定，越长大越不如之前。

明天就要出院，这是今天唯一的好消息。不是因为我恢复得快，是因为床位紧俏。大夫说回家静养也是一样的，他说完把我的片子重新塞回床尾的档案袋中，他似乎只认识我的脚，说恢复得不错，对我挤出的笑容没有反应。

丁辛辛不在的这夜，我总是想起她。

她真的是编了个故事骗我吗？还是她故意这样说的？她到底经历了那些没有？

她确实不像我家的人，我家的人我爸妈我哥我，都是别人一哄就立刻好了。

这倒挺值得欣慰的，让我后来不再生气，甚至苦笑了出来，由衷希望她保持如此。没有谁比我更知道，好哄不算什么珍贵品质，在某种意义上，那只是害怕冲突，个性软弱罢了。

如果我还有什么要对侄女说的，我希望她保持硬度，学会说不，说滚，说我不高兴。

还要一直大声地说，拍案而起，转身就走。

还要一直再来一组。

二百二的心跳，永不停歇。

19

我不能放下的一切

一代一代人长大，
全靠他们自己冲进生活里，摸爬滚打。

第二天，我终于要带着接近完整的骨头回家，过程艰难不必细说。

丁辛辛因为此刻讨厌我竟变得相当有条理，她先让王哥用轮椅把我的住院用品运到车上，再回来第二趟推我，人货分流，安排得当。隔壁大哥哼哼唧唧跟我告别，说你快回家，但你慢点哈。中文真是奇怪，他让我又快又慢，语意里竟包含着不舍。我说好的，跟大哥加了微信。

看他微信头像是只皮卡丘，不禁更想看看他纱布下的脸，他比我小很多也说不定。这几天大哥白叫了。

丁辛辛自己去办出院手续，再和我于车前会合，轮椅折好，塞入后备厢。我和王哥说再见时，王哥笑得憨厚说，别再见了，永远别见。

我上车给他发了一百九十九块的红包。说了声谢谢。

手机里空空如也，再没有必须要说"早安""晚安"的人了。我得适应一阵子。

车缓缓开行时，窗外丁香开得正盛，像被雪覆盖了。香气冲进车厢，我坐后排，腿侧着放在一旁。丁辛辛戴着墨镜，正专心开车。

我的手机连着车内蓝牙，来不及控制，它还在重复地唱：

Light years light years away from you

（我与你永远相隔光年）

Light years light years away from you

（我与你永远相隔光年）

Light years light years away from you

（我与你永远相隔光年）

歌很应景，像一切在缓慢倒退，每首歌三分三十三秒，循环往复，直到我说关了吧。不想听了。

丁辛辛根本不理我。继续放着。

如果不是腿伤提醒，我会觉得这几天依稀如梦，季节忽然由春到夏，像过去了很久。从宿醉那天到此刻，我到底都经历了些什么，恰如一个漫长的类似好奇害死猫之类的故事。可惜时间无法拨快，无法打出"三个月后"这样的字幕，让我恢复如常。

雷悟不断给我打来电话，还是视频，怕他起疑心，我只能接了。他戴着假发套，浓妆艳抹，让人想笑，我说不是现代戏吗？他说正好有个隔壁的组，自己就过去串两天。然后说，你竟敢在我家抽烟？

我说崔姨这个叛徒！还打小报告！我每次都是开窗抽的，

没想到还是被她发现。雷悟说用她打小报告吗，滴滴都浑身烟味儿。又问你怎么了，这几天没去家里写？猫挺想你，有点儿抑郁。

我将镜头缓缓移动，终于还是拍到自己的伤腿，然后迅速移回自己的脸说，说来话长，我就不详细给你讲了。两周后拆线。目前还行。

雷悟说你怎么不告诉我？

我说告诉你有什么用，你也指望不上，养兵千日，百无一用。

视频里，有人喊他，叫他雷老师，说现场叫呢。他说那我先去拍了，晚上再跟你说。我说行，这两周估计都没法儿去看你的猫了，让你的眼线崔姨自己去铲屎吧。

放下电话，有点儿怅然。

我拍了张腿的照片微信给何美，告诉她说我负伤了，人还活着，已经出院，速来看望。

丁辛辛看着我一通操作，笑容也不给我一个，显然还在生我的气。阳光照进车内，我故意问她，又想搬出去了？

她没理我，到红灯时，她扭头看着我说，你想得美！

这一刻，我突然格外需要朋友，想见他们。

晚上时我就后悔了。

何美太亢奋太吵，带了香槟来，说是庆祝我不死。老程则过于沉痛，过分关心手术过程和预后复健等问题，说确实年龄一大骨质疏松经不起摔，以后得万分小心。又说自己最近精力

体力都在下降，眼睛竟然还突然老花了。我和何美哈哈大笑，
她正在准备和我自拍，被我强行推开。她的美颜相机让我尖嘴
猴腮。老程也笑，又说，何美早就忘了自己什么样了，以为都
是美颜相机里那样。不过，你们别不信，医生说了，人就是咔
嚓一下，就老花了。

我说，老花就老花，朦胧点儿更美，中年人了还看那么清
楚干吗？反正见的都是认识的人。

当然，我隐瞒了自己去雪场的真实原因，只说是陪侄女去
玩，不慎弄伤了脚踝。丁辛辛没揭穿我，忙着招待，现在被迫
坐在地毯上，应对何美风一般的热情。何美倒酒给她说，你可
别叫我阿姨，叫我姐姐。

别让她喝了，她还是小孩儿呢。我信手拿了一杯，被丁辛
辛抢走，她状如护士，说，这时候喝酒会引发血栓，再说了，
我也不是小孩儿了。

那你谈没谈恋爱？何美和丁辛辛碰杯。叮当作响。

何美！我假意喝止她，内心希望听听丁辛辛怎么说。

老程说，就是，不要当那种三姑六婆似的家长。

丁辛辛说，当然谈过了。

何美说，你看人家，落落大方。你们别老把自己当大人，
现在年轻人比我们活得明白多了。

拖鞋不够，楚储的专用拖鞋被她踩在脚下。

那你展开讲讲。我故意说。

丁辛辛看着我，挑衅一般说，咱们说了，互相不管对方这

事儿的，不是吗？

又对何美说，是，而且我们绝不把自己全部投入进去，可以忙的事儿很多。

嗯？怎么像说给我听似的。

丁辛辛端起酒来和何美干杯。

我还对她谈恋爱是否真实这事儿感到好奇。突然想起我似乎从来没有问过她关于情感的事，只记得她大学入学时提醒过她说，可以谈个恋爱，但不要太过于沉迷，保护好自己，不要做傻事，永远要信任大人，我们存在就是为了给孩子们解决问题的。

只是我说这话的时候，还没有明白这其中的真正含义。

她瞬间长大了，并没有什么需要我们帮着解决的问题。以至于到现在，真聊起相关她恋爱的话题，让我觉得我的关心或许不够，但更大的可能是，她真的并不需要。

一代一代人长大，全靠他们自己冲进生活里，摸爬滚打。

她们喝酒，我无事可做。清醒的人看人喝酒就像围观别人打麻将，急于上手，内心相当痛苦。但想着我现在的一切麻烦都因喝酒造成，也只能按捺住自己，忍住不喝。

皮卡蔫头耷脑，趴在地毯上看着我们。大概是我消失几天的缘故，我回来后它一直黏着我，几乎寸步不离，在厕所时看到我单腿尿尿，它大为不解，歪头研究了一会儿，或许觉得我在学它。

她们喝完香槟，还嫌不够，何美又跑到我的酒柜里拿出一瓶红酒来，是我和楚储每次约会都会喝的那款，产地是法国。味道非常浓厚，最好搭配肉类，喝前需要醒一醒，入口才不涩。前段时间我找供应商准备再买一些，对方说法国酒庄出了什么问题，目前无货。像一种隐喻，我和楚储的最后一瓶酒，终是没有喝完。

我在沙发上大叫，说你们别开这个，我要留作纪念的！

纪念什么呢？何美眼神迷离，看着瓶身问。这瓶酒看起来也没什么特别。

我人动弹不得，一时也找不到合适的理由。丁辛辛袖手旁观，乐得见我无言以对，或许觉得毁掉这些念想对我来说是件好事。何美走到沙发旁来，信手把开酒器和酒递给我，说，开了。

我伸手将酒接过来时她已经后悔，再想夺回已来不及。我像个无耻的后卫，抱着酒顺势倒在沙发上，誓要保住它。

丁辛辛来帮我按住他！老程快点儿，你按住头。何美一声令下，酒后幼稚的女人们冲了上来，尖叫声和笑声塞满了整个房间。皮卡险些被踩到，吓得跳起，低声怒吼着退到一旁，看来它不能保护我，更别提我的酒。

而我毕竟受腿伤所困，有所忌惮，自然也没能保护好我的酒。

说难过也难过，说快乐也快乐。至少在刚才，她们三个把我摁住时，让我片刻回到了童年。

何美你看起来手无缚鸡之力，抢酒时倒是力大如牛。我说完，人在沙发上喘气，把腿重新放回到靠垫上，动作缓慢笨拙。

何美正在努力将瓶塞旋出，"啪"的一声，酒被打开了。我绝望地倒在沙发上，我说，我需要静养。你们知道什么叫静养吗？

没人理我，包括老程，她就是这样，从不参与我和何美的幼稚争斗，底线一般地存在着，守护住我们。丁辛辛双手合在一起，用手指小规模鼓掌，看着我，表情写满幸灾乐祸。

然后她说，何美姐姐，等一下。

正准备倒酒的何美停住看着她。

丁辛辛站起身，手在空中炸开，来回翻飞，声音高昂了很多，极为戏剧化，她说，得换杯子，我叔儿有红酒杯。

何美尖叫，冲她竖起大拇指，说，孩子周到！

现在只有我和楚储才会用的红酒杯，已经被何美和丁辛辛拿在了手中。她们正轻轻碰杯，侧耳倾听杯子的声音，不禁感叹，嗯，这杯子听起来就很贵。

老程闭眼不断点头，点评，嗯，余音绕梁。

顺带着，丁辛辛拿出了坚果盒，何美点燃了香薰蜡烛。在我不能行动的家里，侵略者们烧杀抢掠，为所欲为。

她们继续边喝边聊。晚上十二点，红酒被喝完了。我的好朋友们变成了丁辛辛的，她们互相加了微信，约着一起去做指甲，玩密室逃脱，何美说好啊好啊，我正愁没人陪我去，体验下也是好的，对了，还有剧本杀我也想去，只是没人陪我。

何美说老程永远没有苦恼，生活幸福，只当我们痛苦生活的倾听者。老程说那绝对不是，只是我选择不说。

那你说啊。何美叫嚣。老程说，说了也没用。她还是像一块铁。

终于她们要走了，丁辛辛起身送她们，说顺带把皮卡遛了。何美和老程似乎忘了来我家的真正意义，说再见说得非常敷衍，女人们叽叽喳喳的话题还在继续。门被关上，声音们瞬间都消失了，我疲惫地看着茶几上乱七八糟的一切，有人去楼空之感。

雷悟发来微信问，我刚拍完，你睡了吗？

我回，死了。

雷悟发来三个问号。

我回，我现在不想说话。

雷悟表示理解，说那你先死一死，又说，我去护肤了。

我躺在沙发上，腿是疼的。我试图移动，但很困难。手机又振动了下，手机里增加了一个新群，叫"守护丁本牧"，然后一段视频被发了进来。

皮卡没有牵绳，在前边跑得像马，耳朵一颠一颠，盛装舞步似的，格外欢快。镜头晃晃荡荡，先入镜的是侄女，笑声在夜里显得明亮。镜头一转，何美的脸出现了，冲着镜头比"耶"的手势，又拍到了老程，老程赶紧躲开，不想上镜，符合她的人设。

三个疯子。我想关掉视频时，听见视频里传来一声尖叫。

皮卡跳进了水里。

小区的水系开始放水了，也就半米多深。紧接着丁辛辛脱掉鞋子，一声尖叫，也跳了下去。视频模糊不清，丁辛辛回头跟何美说，姐姐快下来，水一点儿都不凉。

视频里一片混乱，老程被何美推下水去，扑通一声湿了半身，矜持荡然无存，紧接着，她自己也赤脚跳入水中。

我现在不仅腿疼，而且头疼。

夜半时分，三个女人冲进水池里，名义是救狗，其实自己玩了起来。

在我的怒视当中，丁辛辛和皮卡湿淋淋地回来了。

都疯了吧。我说。

叔儿，我原谅你了。你的这些朋友们真可爱。丁辛辛先发制人。转身带皮卡走进洗手间，里边传来吹风机的声音。

我在呼呼声中张口结舌。

之后，皮卡兴奋地从洗手间里窜出，又弹射到沙发上，差点儿踩到我的脚。我哀号一声时，它已经跳下沙发，屁股带翻了桌上的坚果盘，本就一片狼藉的桌子更显混乱。我大声叫它的名字，让它不要激动。丁辛辛从洗手间里跑出，跟皮卡说，别闹！

丁辛辛哈哈傻笑，说，我们真的不是喝多了。

被丁辛辛用轮椅推进房间时，我说，丁辛辛，我有件事儿求你。

丁辛辛警惕起来，说，我说了，我的事儿不想再讲了。

我说，你能不能把客厅收拾下？

丁辛辛哈哈大笑，说，明天吧，叔儿，所有的事儿，不用一天干完。

在这一刻，我知道我的家将在很长一段时间之内不再属于我了。此前我对丁辛辛做过的种种，都将被她一一讨回。

报复的时间到了，她摩拳擦掌蓄势待发，在我站起来之前，家都是她的。

20

我 不 能 放 下 的 一 切

时间不是良药，什么都治愈不了，
只是之前在意的事变得不再重要。

我的作息彻底被打乱了——最早的几天，为了"照顾"我的作息，丁辛辛下决心早起，设定音乐播放时间，大力把她和我叫醒（主要是她），通常这是在我醒来，干巴巴在床上等了很久之后。她蓬头垢面，先用轮椅来推我去上厕所，借这个时间遛狗，再将我从厕所里推出，也不管我有没有真正解决完问题，以她回来为准，她说不能多上，会影响前列腺，我这年龄尤其需要注意。

我被她放在指定位置——通常是沙发，轮椅则摆在旁边。她在茶几上给我放上早饭，洗些水果，咖啡只提供一杯，矿泉水三瓶——放好，再应我要求放几本书什么的，自己就匆匆离开去上班。这场景让我常常想起大饼套脖子上的经典笑话。

现实却不好笑。第一个月家中没人时我最惨，别的还好，上厕所最为艰难。我要笨拙地自己移动到轮椅上，再把自己摇过去。皮卡会上蹿下跳，跟着激动，假装守护我，其实毫无用处。

午餐通常是点餐。偶尔何美在群里问问帮着点个外卖，我说谢谢你的爱，但请不要乱点东西，毕竟我移动困难，起来开门去取需要很长时间。

但这间接纠正了我的强迫症和洁癖，手是没法儿老洗了，家里乱糟糟也可想而知。我实在受不了，中间让崔阿姨来过两次，她还是老问题——问题太多。我在沙发上说崴了脚而已，她肯定是不信，想方设法获取更多信息，表情过于悲痛，认定我可能是瘫痪，甚至假想了很多未来。在我身边吸地间隙，她还坚持跟我互动，我只得假装认真学习，脸埋在电脑之中，做思考状，让她不好打扰。

教练得知我脚出问题，甚为痛心。生命在于运动，教练的生命则在于我是否还能运动。他来探望了我，顺带送来了两个六千克哑铃，说脚停了手不能停。目前放在我轮椅旁边，虎视眈眈，时刻提醒着我再来一组。

我虽不想进步，但经此一难想开了很多。借着脚伤，生命像被重新打开过了，他人的关心如同细雨，珍贵又滋润，让我整个人都放松下来。

心情我尽量调节，不怎么想到楚储，也不再觉得难过。小说暂时停笔，唐编辑知道了大为不解，勉励我说，大部分经典作品，都出现在作者极为痛苦艰难的时期。卡住是常态，可以不写，但要想着。我佛像般对着电脑静坐，迟迟无法下笔，真不是偷懒。

大部分时间我靠看美剧度日，片子都选得颇为血腥，统一打打杀杀，诸如《绝命毒师》《毒枭》之类，一集死很多人。偶尔看些书，当作补充养分，聊以自慰。

我记录一些名人名言鼓励自己。诸如：卡夫卡说，我最大的能耐，就是躺着不动；木心说，你会见到，将来我是一事无成，很轻松，完璧归赵似的；罗素说，精神濒临崩溃的症状之一，就是相信自己的工作非常重要；北岛说，过去嘛，我和你，大伙都是烂鱼；普希金说，我读书很少，睡觉很多；松浦弥太郎说，我成天琢磨的，都是如何不用工作，也能维持自由玩乐的生活。

嗯，当然不可尽信，想来这些人说的都是气话，像鼓励他人去玩儿——自己玩命努力的尖子生，跟我儿时那些虚伪的优秀同学一样。

每到晚上，丁辛辛都尽量早回。或者和我一起点餐，或者给我带回盒饭。我深知给她添了麻烦，也不敢再多挑剔，给什么就吃什么，有丐帮人士的自觉。人长胖了三斤有余，腹部终于有了可折叠的部分。

谷雨那天，我去医院拆线，改为拄拐，终于变成了神形兼备的中年人。

雷悟还没有回来，跟我打过几次电话，追问病情。他在剧组那边，各种帮忙，不亦乐乎，除了不挣什么钱，其他都让人放心。

中间和我妈通过几次视频，只露出头的话自然看不出什么问题。

我和丁辛辛在视频里喜笑颜开，挂上电话立刻开始吵架。无非是一些细节，比如她喜欢吃完饭碗放着不洗，快递盒子不收，皮卡去那里嗅，翻捡垃圾，流浪汉一般，让人担心；按我要求，她该每周三给植物浇水，她硬是不同意，生生拖到周六，说这样她才有闲暇心情，方便和植物沟通，有助于它们快乐成长；水有时又浇得过多，地板被泡坏三处，我受困于双拐，无计可施。想着次日还得靠这女人上厕所吃饭，也就放弃了，不再多说。

到五月底时，我可以挂拐自由行走，人基本可以自理，但长一点儿的路还是不敢。强迫症好了很多，眼不见为净，学会对任何脏乱差表示理解，总是会变干净的，也总是会变脏的，将这些原来"必须完成的"都变成"其实无所谓啦"的哲学问题。

好处是睡眠变好，人踏实了很多。不好的是大部分时间我会眼神低垂，神情倦怠。我本来就社交生活少，现在变得略微孤僻。

丁辛辛非常关注我，多次确认我是否仍有语言能力，说我把皮卡都带抑郁了，总担心它比我更不快乐。她说得没错，这俩月它没有理发，似乎老了很多，经常是我在沙发上半躺，它在地毯上全躺，呈 puma 经典 logo 的形状，让人担心它是不是死了，要突然叫它一声看它动了才让人松一口气。

总之，日子就这样过下去了，无可无不可，我逐渐适应了自己一条腿出现问题这件事儿。据说二十七天可以形成一个习惯，二十七天过去之后，我似乎连楚储都忘了，物理层面上的。同时我也明白，时间不是良药，什么都治愈不了，只是之前在意的事变得不再重要。

这是个普通的周五。

丁辛辛走后，我看了会儿书，怎么都读不进去，又躺了一会儿，内心烦躁不堪，也很难睡着，就拄拐到书房里，准备翻出几本漫画看看。

书柜很满，中间支架已被压弯，看起来不堪重负。漫画在最上层，我喘着粗气，竭力踮起脚，准备伸手去够时，发现角落里竟有一个红色塑料袋，似乎在哪里见过。我费尽力气把它拽出来，打开一看，里头竟是那天楚储送来的乐高的花束，拼好的被揉过，显得残破，更多还是碎片，牛皮纸袋也在其中。

当下心头一紧，不由生起气来。丁辛辛果然人小鬼大，最终没听我的，还是将它们偷偷带回了家。藏在这里干什么？供我有朝一日沉渣泛起吗？当日她和楚储在楼道里坐着拼花束的场景立刻浮现在脑海当中，让人头疼。

这样想着，几乎要将这袋子摔在地上，可恨目前我还没有多余的脚将它们一一踩碎。我将袋子丢进垃圾桶，坐回沙发上之后，突然觉得羞耻起来，我不是已经可以坦然面对过去从头开始了吗？那我刚才匆匆扔掉的又是什么？

是我念及楚储依然会被牵动心事的事实罢了。

赌气一般，我再度拄起拐，艰难地向屋子角落的垃圾桶行进。从里边翻找出红色塑料袋子，抱在怀中，回到沙发前，再将这些碎片一一罗列在地毯上。我靠着沙发坐下，深深呼吸。

皮卡凑过来，好奇地看着瘫坐的我，过来用鼻子嗅来嗅去，被我用手拨开。

如今这样认真地看着它们，往事历历在目，像隔着光年之远，又分明在心头突突跳着，没有休止的意思。我用力铺平说明书，像和昨日的自己相对，一一将它们拼起时，竟有一种幻觉——画面是我正与过去的我合力，完成目前的浩大工程。果然如楚储所言，我一旦开始，就不会停止。现在我和我不急躁，不争抢，不互相抱怨。我们已经心平气和，彼此理解。

中午没有吃饭，在沙发上睡了一觉，醒来觉得神清气爽。再坐到花束前，突然感觉拥有了某种自由，那种心无挂碍的再也不用担心失去一个人的——自由。

此刻花已是我的，不来自任何人，它没有情绪，无关故事，只是我的。

到所有花束拼装完成，我扭动僵直的脖颈，伸个懒腰，满意地欣赏成品时，门响了，我过于投入，完全忘了时间。开门的人当然是丁辛辛，她下班回来了。

我慌乱收拾现场，胡乱将红色塑料袋团了团，塞进裤兜里。花束只得放在茶几上，倒是相当和谐，希望丁辛辛不会发现。她时而粗心，时而心细如发，不好估计。庆幸电视机是开着的，美剧一季一季的，永远不停，主角命运浮沉，人却总是神采奕奕。

好在丁辛辛进门后匆匆冲到冰箱前，放了什么东西。我假

装在认真看美剧，背对着她说，记得有空把冷冻室里的东西清
一清，已经什么都放不下了。再有就是汤圆水饺什么的，尽量
买小包装，我们俩又吃不了多少，好过撕开了包装不吃。现在
感觉冻得全是细菌。

她言听计从，没有反驳，看来今天心情甚好。

晚餐点了水煮鱼，丁辛辛说自己发了工资，给我改善一
下。她无事献殷勤，让我觉得心里不安，一直追问她有什么
事，她都说没有。又突然认真盯着我说，叔儿，你今天怎么有
点儿不一样？精神很好。

我心怀鬼胎，说，哦，精神病都精神好。

菜送到时她认真摆了盘，说今天一定得正式一点儿，像在
餐厅一样，将餐盒里的菜倒入盘子时又漏了，我和她和皮卡在
房间的三个地方同时尖叫。

终于上了桌，她将我的拐杖拿走，从自己包里掏出红酒一
支，品牌竟是我和楚储常喝的那个，让人触目心惊。她说自
己好不容易在网上找到，刚好到了货，今天适合小酌。不由
分说给我倒上。又自作主张给我拍照，咔嚓作响，简直莫名
其妙。

我喝了一口酒，说真是难喝，之前怎么不觉得。两个月滴
酒不沾之后，觉得喝下的每一口都是惩罚。

好在鱼还是不错的，我说，这家需要等位，动辄两三个小
时，从下午五点开始，不知道那些就餐的人怎么做到这么有空
的。丁辛辛跟着笑，说其实游乐园每个周一人最多。我说什么

意思？她说，意思是不上班的人远比我们想的多得多。又怕我多想，立刻说，不是说你啊，不上班又不是不创造价值。

这才一击即中，我现在确实也不上班，也不创造价值。但我不难受，一杯酒下肚之后，觉得微微快乐。

丁辛辛电话响起时，我们已经吃得差不多。

她接了电话，用手机支架架起手机，将我放入画面当中，然后大喊一声，等我等我！人已冲到冰箱那里去。

画面里，何美老程一组，雷悟一组，面前蛋糕都点着蜡烛。我抬头看时，丁辛辛已经点燃蜡烛，从冰箱里将蛋糕放在我的面前。他们什么时候已经可以组团了？内心惊呼这个的时候，团队竟开始齐唱生日快乐歌。

明天是我生日，竟全然忘了。眼睛迅速被什么模糊住，看不清楚。

唱罢生日歌，何美在视频里指挥，让我许愿，吹蜡烛。我只好装模作样，许愿时发现脑中一片空白，后来竟只想出"大家都好好的"这样的话，胡乱许了，好让这尴尬场景赶紧过去。

何美说，我们虽然天各一方，都在瞎忙，但心里都有你，老伙子，生日快乐啊。

雷悟接茬儿说，把所有的不顺都给它吹掉。

老程郑重其事，说，对，这样才算是新的一年。

我看着他们，默默点头，无言以对。何美在电话里喊，丁辛辛，你快跟你叔叔祝福一下。

丁辛辛被突然点名，有点儿磕磕巴巴，脸都涨红了，说，希望我叔叔有人爱。

又补充：一直有。

我笑说，你瞎说什么大实话！

视频里，何美正色说，你叔叔可一直不缺人爱。丁本牧，我得告诉你，你是我们的理想版本，你得活好了，才能让我们相信，有理想是对的。

我说你是不是喝酒了。她说当然。继而哈哈大笑。

但不管怎样，何美说，这真的，才是新的一年开始！

我们对着视频隔空碰杯，酒是熟悉的味道，到这瓶完全喝完，他们才挂掉电话。丁辛辛似乎意犹未尽，将轮椅推过来说，叔儿，我们下去走走吧。

皮卡在前边走，时而回头看我们。已经十点多，小区环路上没有行人，丁辛辛推着我，偶有颠簸。夏天已经全部来了，草坪白天被修剪过，有植物断裂的清新气味，空地被翻过了，新种上了玫瑰，正噗噗喷水。

我说，谢谢你，侄女。

其实我挺羡慕你的，叔儿。有那么多真心的好朋友。其实已经算多了，不是吗？丁辛辛声音在我身后，不知道是什么表情。我仰头看她，她眼睛里亮晶晶的，似乎在哭。见我看她，迅速跳开，说，别看我啦。

丁辛辛，我问她，你之前给我讲的关于你的故事都是真的吧？

不重要啦。

她放开皮卡，跟它跑到小山上去，有什么鸟，被它们杂乱的脚步惊得飞起。

到家后，丁辛辛非拉着我看电影。拗不过她，电影开始，竟是《和莎莫的五百天》。开篇汤姆正在痛苦，人在厨房将盘子一个个摔得稀碎。他的侄女冲进来说，你还好吧。

我说，让我回房间吧，我不想看，没有必要。

她坚持说，这事儿本可不用再提，但想起那人曾经说过，自己和莎莫一样，就想了解一下。我说你自己了解就好，我不用。她说，你也了解一下。而后又将拐杖拿走，我被迫留在沙发上。

电影里的五百天跳来跳去，汤姆时而开心，时而灰败。

剧情之外，我还在为茶几中央的乐高花束担心，生怕丁辛辛突然看到问起我。但好像灯下黑是真的，她似乎沉浸在剧情里，完全没有在意，像花束一直都在一般。

电影里，汤姆被突然离奇地分手。最痛苦时，也试着约会了一个女生，只是不断讲起莎莫，讲她的好处，更多是坏话。约会的女孩很平静，直到憋不住了，在餐厅问他，在此之前，莎莫是不是跟你说过，和你不是男女朋友？

汤姆呆住了，我在镜头外，也呆住了。

汤姆祥林嫂一般的倾吐终于结束，他嘶吼着唱歌，约会的女生默默拎起包，起身离去。汤姆在她身后大声唱，都走吧，都走吧。

仍爱着旧人不配重新开始，对新人也不公平，他实属活该。

电影结束前，莎莫和汤姆在街心公园相遇。彼时汤姆应该还没有完全走出，但至少活成了新的样子。莎莫给他最后的祝福，不知道是不是发自真心，但转身离去时没有回头。

最后汤姆遇到了新的莎莫，商业电影都指向光明的结局，无一例外。而现实是，你再遇到真正喜欢的人，可能需要很多年。

爱情是无解的，如果有，就是需要足够的好运气。

我坐在沙发上，时间指向十二点。丁辛辛说，叔儿，生日快乐啊。其实我希望我像电影里的那个小女孩一样，似乎比大人还成熟，懂的还多。

我说，你怎么还许起愿来了，不过你不是这样的吗？

丁辛辛说，好上加好。叔儿，你也一定要好上加好。

我认真点头，说，一定。

丁辛辛说，那你去睡觉，我收拾一下。

怕她发现花束，我立刻说，不用了，明天再说。

丁辛辛笑了，说，叔儿，有进步。

我回她，拜你所赐。

她跳着到洗手间，皮卡跟着过去。我立刻把花束的牛皮纸包抱在手里，将它拿到卧室里去。

回到房间，我静静躺着。十二点到了，生日这天终于到来，虽然和任何一天并无不同。

手机响了一声。

是原来的同事，发来问候：生日快乐。

我回谢谢惦记，一定要快乐。

我内心还有个洞，在慢慢缩小，我知道的。所以我视而不见，必须视而不见。

在睡着之前，我喃喃自语，新的一年，真的开始了吧。

21

我不能放下的一切

我爱你这件事，不会再提。

生日这天我睡得很好。

醒来已经十点多，拐被丁辛辛放在床边，提醒我新的一年开始了，但脚还是旧的。皮卡气定神闲，见我起来，看了一眼，继续躺下，显然已经被丁辛辛遛过。

阳光很好，餐桌上有蛋糕和牛奶。

生日蛋糕昨夜用来许愿，今早用来充饥，算是物尽其用。我不饿，挂拐做了杯咖啡，表情百毒不侵，样子相当坚毅。

天气热了，可以放足够的冰。

我叉开腿坐在餐椅上喝冰咖啡，听碎冰撞着杯子，发出脆响，继而看着客厅叹气。我受伤的这两个月，家经过丁辛辛的细心打理，确实——大不如前。

阳光照着，一切丝毫毕现。桌上已经不复整洁，瓶中的马醉木勉强活着，枝头有些干枯，部分黑了叶尖，看起来半死不活，残败不堪。绿植们倒是挺立着，只是都莫名有些风尘仆仆。

我尽力站起，收起昨夜的红酒瓶，挂拐走到垃圾桶旁，将它放进去。又想起烟灰缸没有倒，再度回身过去，拿到水池旁清洗。

水池里边泡着昨夜用过的盘子，丁辛辛昨天答应我会洗的，后来显然我们俩都忘了。拐杖咣当一声滑倒在水池旁。

好了。现在，我是个站在这里的孤独的准备洗碗的人。

处理昨夜的脏盘子是人类十大难题之一，其实收拾大部分残局都是如此。我倒入大量洗洁精，任泡沫堆满水池。能收尾的人都是伟大的人。这样鼓励着自己，我深吸一口气将手伸入开始洗杯子并鼓励自己时，门被什么人敲响了。

皮卡兴奋地跑过去，到门口来回打转，兼带狂吠。

关掉水龙头，我大喊：快递放门口就好了。又喊，皮卡，别叫！

没人回答，皮卡也没有停止吠叫。声音都被扔在客厅里，更加乱哄哄。

懒得理它，我继续打开水龙头。水发出嘶吼声冲出"水喉"四散开来，腾起一片雾气。油渍倾泻而下，让人心情莫名愉悦，或者清洁本就被写入人类基因也说不定，便于他们一遍遍重新开始。这样想着，我竟哼起小曲，没有什么比做具体的可以立刻见到成果的事情更让人开心的了。

然后我又听到持续的敲门声，似乎怕我听不到，来访者加大了力度。皮卡毫不示弱，用叫声和敲门声对抗。

盘子洗了一半，敲门声又没有罢休的意思，而我手上戴着橡胶手套，湿哒哒的，全是泡沫。更难的是，我手边还没有拐杖。

敲门声不疾不徐，来者打定了主意，准备锲而不舍。

皮卡已经匍匐下上半身，做伏击状，声音从低吼改为哼鸣。

我只得转身，试着轻跳过去。右腿不敢落地，左腿近三个月不怎么动，也变得绵软无力，看来去复健是必需的了。不过现在看来，我完全可以扔掉拐杖，这是好事。

人到门口几乎冒出汗来，我气急败坏用手肘按下门把手，再用力拉开。几乎要骂出口来：说了放门口就可以了！

我没洗脸，头发蓬乱着，脸上应该有油光，上身穿的破tee皱皱巴巴，洗了太多水的缘故，领口早已变形，但也因此，非常舒服。外边套着帽衫，纯棉质地，容易穿脱，只是破旧不堪，下身是条旧的运动裤，膝盖部分早被撑得变形。

总之邋里邋遢。

此时我单腿站着，手上的泡沫正滴在地板上。

门外，是楚储抱着大棵的马醉木，站在门口。

我看着她，确认这是个事实。她看着我，没有笑，也不严肃，似乎只在跟我确认，现在确是真实的她，就现在，我生日这天，不请自来的人。

空气凝固成块状，让人难以呼吸。

我想过很多次这样的场景。比如我们还在同一个城市生活，但此后多年，我们再也没有相遇。或者只是特别平常的一天，在经过某个路口时，斑马线上，绿灯亮起，我往前走，迎面走来她，想返回已来不及，我们没有说什么，连表情都来不及校正，时间过于短了，只够擦肩而过。

遗憾的是我们已经认识过了，再难重新认识一次。

或者再过很多年，我们都已是老人，看到某个熟悉的发生过的场景，嗅到旧时的味道，脑海里突然蹦出这个名字，还会留有余味吗？不会了吧。但大多数人不都是这样的吗？恢复日常，不复相见，变成不提也罢、类似故乡的天气那样的东西。

皮卡从我身边挤过去，冲到她身旁，左右转圈儿。

它，永远的崭新的叛徒！

而她竟然蹲下身，摸皮卡的头，状态亲昵，像她好久没有见它，并发自内心地想它。

面对她显然是个更大的难题，大于还在洗水池里的碗，大于如何回到洗碗池前。

我只得转身，试图往回走，不能用跳的，那过于狼狈。我右脚还有点儿不敢沾地，但已经顾不上这么多。等我醒过神来，发现自己竟然保持住了平衡，人一拐一拐地回到了水池边。

她跟着我进来，把包挂在门厅的架子上，并不看我，也不像急于解释什么，她像回自己的家一样自然，心安理得。

我在水池边洗碗，内心像被大风刮过，乱七八糟。

她任我忙自己的，将头发梳起，四下看看。

她路过我，将拐杖帮我扶起，放在水池边。

然后她打开了窗，风涌了进来，是夏天的气息。再走到餐桌前，吃力地抱起盛放马醉木的花瓶，走到洗手间去。

她再次回来，从我身旁的置物钩上取下了围裙，几乎贴着我的身体。头发几乎要碰到我，似乎有什么东西，在我心头猛力击打了一下，有种眩晕感，是的，我双臂不争气地想抱紧她。

我关掉水龙头，有点儿无法呼吸。她仍不看我，套上围裙，转过身，两只手在身后背着，说，系一下。

我不争气地摘下橡胶手套，给她系好围裙。

碗已经洗得差不多了，但可以再洗洗，洗到我平静，可以开口正常说话时，我就要问她，凭什么她可以如此来去自由？现在问题哽在喉咙里，吞咽不下，也吐不出来。

剪刀呢？她问。

我只得打开抽屉，找到了花剪递给她。

她将旧的马醉木剪碎了，装入垃圾袋中。再把花瓶洗净，装上四分之三的水。双手费力地将新的那株枝干部分剪成四十五度的尖角，之后插入水中。我几乎要去帮她，但我动弹不得，心和身体都是。

花瓶被她抱起，放回原来的位置，马醉木调整好了，有凌然之姿。她用喷壶喷水，顺带着，将客厅内的琴叶榕什么的也都喷了一遍。

时间过久，能听出钟表的声响，比心跳慢。我已将盘子擦干，摇摇摆摆走到书桌前坐下。无事可做，我随意翻开一本书，其实什么也看不进去。

她没有再说话，似乎打扫是更重要的事，看地面有了水渍，就去拿来拖把擦干。

我们俩都假装对方不在，房间里呈现一种近乎默契的安静，像是一对习惯彼此存在的情侣，在某个日常的上午，正按着自己的节奏行事。我没有想象过这样的画面——在白天，没有喝酒，没有拥抱亲吻，她在我身边，自行忙碌，这样的细节让我感到陌生。

外边天空极蓝，风是闲着的，正四处乱走。偶尔传来快递小哥的摩托声，间或有"倒车请注意"的提醒，似乎是专门说给我听。

我和楚储的故事，不能倒车。

我在酝酿一场风暴，它生于身体某处，而后在胸口聚集，让人喉咙发干，似要喷出火焰，那样也好，可以把这一切和谐的假象通通烧掉。

我说，行了。有什么要说的，说吧。

她从随身袋子里取出蛋糕，不大，圆的，有草莓在顶上转了一圈，极为普通的那种，她点上一根蜡烛，放在我和她之间。

蜡烛默默在烧，祭祀一般，我头有点儿疼。

她把手机按到微信界面，再掉转到我这边，推给我，方便我看。

竟是我和她的对话记录，两个月前，我喝醉断片儿那夜。这应该是发生在我跟丁辛辛坦承完自己和楚储的故事之后，昏睡之前。

我打字已然颠三倒四，显然乱了套。

我想跟你谈谈。楚储。

她打来问号，被叫了名字，似乎显得惊慌，说为什么突然说这个，又问，你喝酒了？

我答非所问，仍自顾自说我的。我不爱你，显然你也不爱我！我们不用这样下去！没有必要了！反正我烂泥一块！都是错的！我们这样下去是错的！！！语气决绝，叹号很多，人显得愤怒。

她挺冷静，说，因为我那天没去见你吗？

不是，是因为我受不了这样下去了，糊里糊涂的，没有尽头。

她说你喝多了才糊里糊涂，等清醒再跟我说。

我现在就很清醒，我们从此之后，不要再见面了，我爱你这件事，我也不会再提，因为我想见你不想见我的话，我想见你就没有意义。这不是我说的，某个作家说的。

她说丁本牧你清醒一点儿。我现在不想跟你这样对话。

楚储，你自己从来没有设身处地替我想过，你连莎莫都不是，你心不在焉，你不爱我，也不爱我的狗，你把我视若无物，算了，真的算了。你当我是什么，我就当你是什么吧。这样才够公平。祝你幸福。我说。

她没有再回我，聊天记录到此为止。后边的那些"早"和"早"，全无信息量。

我对此毫无印象，当日发完就清空了我和她的对话记录，连带这三年间的。现在看起来，这确实是我说的，大概我还在愤怒，要将全部的感受一股脑儿丢给她。

我将手机推还给她，极其不愿意看到当日的自己，我说，我那天醉得厉害。

但你说的是真话吗。楚储说。

可能吧。现在说这个还有意义吗？我硬着头皮说。

我不大会申辩。她接着说，其实也很难面对这样的冲突，今天我来，一是真心给你过生日，二是想跟你解释下，免得你一直误会下去。

其实你一直都不怎么了解我。楚储看着我，目光坚定，没有躲闪。

皮卡走过来，在我和楚储之间趴下，脸放在前爪上，状态很像托着腮，像要来听故事一样闲适。它应该感知不到气氛，也不知道什么是真正的分别。人开门进来，关门出去，在和不在，于它来说，只是实际的正在发生的事情，不掺杂任何情绪。

皮卡很好，但我害怕，亲近不起来。楚储说，眼睛穿透我，进入漫长的叙述当中。

她说，我小时候很想养狗，我爸偷偷给我弄了一只，养了一周，终于被我妈强行送走了。我追到小区门口，看我妈连狗带纸盒子送给别人。我追过去，看着车开走。狗狗并没有趴在车窗户上看我，但我老记得好像有这个画面，它看着我，等我救它。我妈在我身后追我，直到我累得停下来。

我爸和我妈那时候刚离婚。她应该心情不好，不想让我留着任何我爸的东西，狗更不行，说会有感情，死了丢了，都会伤心。我一直在哭，哭是小孩儿的唯一办法。小孩儿说道理说不过大人，讲真心话也会被他们当成无理取闹。当街地上打滚儿的当然是不懂事的孩子，别人也不会帮你，只是觉得你过于任性，大人总是帮大人的，他们互相理解。

我极不情愿地往家里走，一直说狗的事。她可能非常生气，再不看我，也不准备理我，自己径直回家，身影转过街角不见了。对面正好有人在遛一只巨大的金毛犬，我哭着过去，想摸摸它。我妈回头看不见我，可能着急了，又跑回来。那天也是今天这样的天气。

我妈那时应该也三十多岁，不比现在的我大多少，对我没有方法，只顾让我优秀，好好学习，不给她惹是生非，认为这样是对我做得最好的事。她跑过来，将我的头跟那金毛按在一起，一下、两下、三下，她气急败坏，说你要不跟别人走得了。我和金毛头顶头发出钝响。金毛吓了一跳，主人紧张起来，据说养狗人的情绪会传递给宠物。金毛发出低吼声，牙齿露了出来，脑袋突然一歪，狂吠了几声。我迅速躲开，听见狗牙齿碰在一起的声音，咔嗒一声。我抱紧我妈，大声哭了出来。

我妈用手抚摸我的头，说，你看狗就是狗，不通人性的。养狗人拉住金毛，有点儿不知所措。我妈强行背上我回家，我回头看，眼泪模糊了视线，那金毛回头看我，似乎在想刚才发生了什么。从那之后，我很害怕狗，觉得它们会突然牙齿咔嗒一声，咬断我的脖子。

现在想起来，我妈应该是不想在家里看到我爸送我的东西。我永远记得，我在妈妈身后抽泣，她用力背着我，偶尔将我往身上托一托，再用双手紧紧扣住。到家之后，她冲到洗手间里发出哭声。

那哭声我永远记住了。从此我不再争辩，成了妈妈眼中懂事的孩子。我没有什么朋友，也不出去玩。唯一的娱乐是在家里对着墙壁打乒乓球，即便如此，我妈还是给我放了英文磁带。学习好是一种证明，是我妈的价值，也是她离开了我爸，她和我依然能活得很好的证据。

去年，我爸去世了，病情发展很快，就三个月时间。我陪我妈去看了他，算是见最后一面，我爸拉着我的手说对不起我，没有陪着我长大，不过他也没让我陪他变老，他说我俩扯平了。我爸挺幽默，永远没事儿人一样。他又让我出去，说单独跟我妈说几句。我没哭，我不爱哭，哭没有用。

我妈出来后，拉着我的手，往医院外边走。长长的楼道里，她声音很轻，她说，楚储，一定要找一个很爱你很爱你的人，也该找了。我脑海里浮现了你，但我根本不确定。在这之前，我妈从不跟我讨论婚姻或者爱情什么的，即便我已经长大了。可能她怕我离开她，再也不回来，又怕我不离开她，分辨她真实的生活和处境，强装是很辛苦的。她知道我终将失控，会离她而去，对我爸的愤怒原本是她生活下去的燃料，那天终于烧尽了，她有点儿不知所措，之后恨谁呢？怎么往下活？

所以说回我自己，我大概就是个不知道怎么去爱人的人，没有人教我，也没有自学成才。遇到你我很惊慌，不知道怎么办，很难确定什么，而偏偏你也不是一个能把这事情讲得很明白的人，即便你是个作家，你写得很好，但生活里，你好像也做不到。

我很爱你的，一开始就是，但我们怎么变成这样的呢？我后来想，看起来更像是一种默契。其实我们是一样的人，以为这样，爱就不会变坏。但其实这样也不会变得更好，我们都很清楚。没有真实的了解就不会看见现实，没有碰撞自然没有折损。

其实我们一直在一段虚假的关系当中。

我们都害怕实际的生活，你没有见过刚才那样的我，你也不想见到。我一直在想，我们这样下去，会变成什么样子？我每次匆匆走了，是知道你并不想真正挽留我。

对吧？

每次离开，我都走到街的转角，站一会儿，那里有三棵树，冬天就变成枝干，夏天枝繁叶茂，不开花，没有果子，也不知道是什么树。我想，这就太像我们俩的关系了，不明就里，是不是会更长久些。

我们都是孩子一样的人，我一开始就发现了。我们都害怕亲密关系，所以我们选择了这样的方式相处，彼此不牵绊，不要挟，没有责任，也就不存在义务。

所以你爱的不是我，是想象中的我，你那时对这段关系愤怒，是因为这个关系最终还是失去了控制，你把握不住它了，但这个痛苦，是你附加给自己的，我一直没有变。

蜡烛在燃烧，接近烧完，我把它拔掉，蜡油留在我手指上，有灼痛之感。我吹灭它，把它放在桌上的烟灰缸里，任它散发出最后一缕烟。我现在说不出一句话。只是在想，那我和楚储平时聊的都是什么？为什么我对这些一无所知。

楚储继续说，胜宇是我爸介绍的，他是我爸同事的儿子。和我妈离婚后，我爸搬到他们单位分的房子里去，和胜宇家是邻居，就走得很近。后来我知道，我爸临终前跟我妈说的，说胜宇留学结束，明年也要回到北京，那让他们俩认识下，可以相互照顾。

获准我妈同意，我爸把胜宇的微信推给我，这是他给我的最后一条消息，像个遗产。我当然知道他的意思，加他的微信是因为要接纳我爸的最后一次关心，但我们一直没怎么说话，直到他今年回来，说约我见面。

我们俩见面有点儿尴尬，都开门见山告诉对方自己有喜欢的人了。我很想描述你，但讲不清楚。他也有爱的人，不过留在英国了，执意不跟他回来，那人挺固执，说，爱人和爱世界，如果只能选一样，还是选世界。

那天我们俩在国贸的酒店里，聊了一晚上，喝酒，说好多话。我聊你，他聊他的爱人，都有很多问题，都能给对方很好的答案，但自己的，通通解答不了。

楚储笑了下。

我和胜宇成了很好的朋友，吃饭、逛街。我们是电影搭子，他品位好，有想法，对一切充满好奇，或者，他也正在适应国内的生活，恰好需要我。而我，需要填补没有你的时间。你知道，我们除了偶尔见面，"早安""晚安"，其实什么都没有。

好的部分是，我想找你时，你总先于我，问我是不是要见面，我之前为这样的默契感到开心，后来觉得不安。

我妈问我跟他相处怎样，我说挺好的。拍照片给她，说正在接触，一切都挺好的。但其实，胜宇和我都明确地知道，我们并不爱彼此，更不会在一起。

但我真的很喜欢跟他在一起，因为能听他讲起我爸。诸如隔三岔五就来蹭饭，经常混在他家里赖着不走，当然也很疼他，硬让他叫他干爹，帮他做遥控飞机，陪他打游戏，甚至冒充他亲爸帮他检查作业、签字之类。

我爸跟他说自己有个女儿跟他同岁，可比他学习好多了。他跟我爸生气，说那怎么不回去跟自己女儿玩，我爸强词夺理说，我们一周才能见一次，我不能影响她学习，防止她变得不优秀。

胜宇的爸爸不擅运动，这让我爸有了可乘之机。带着胜宇玩各种体育项目时，总是听我爸叹息，可惜我女儿要好好学习。所以胜宇虽然不胜其烦，但一直是知道我的，还略微嫉妒。诸如我考试的成绩，我又得了第一，我各方面的事情，通过我爸源源不断地说给他听，他慢慢也认了，当作这是跟干爹出去玩的代价——在不远的远方，有一个干爹最为记挂的人，和自己同岁，永远优秀，但永远不出现。

我爸原来是爱滑雪的，所以胜宇才擅长这个。通过他，我断断续续知道一些我爸的事，他真实的个性、爱好、怎么热爱攒钱，说要留给女儿，当然给胜宇花起钱来却总是大手大脚。我爸爱喝酒，但很少醉，有限几次，哭着说不想回自己家，即便就是隔壁楼上。他说家里冷，这里暖和。

我从胜宇那里拿到了很多我爸的照片，各个阶段的。全家和我爸一起出去玩的，我爸像个 P 上去的人，在胜宇一家三口之外。也有他和胜宇的合影，像一对父子。我爸在死后才变得真切，胜宇的讲述补足了我想象中的部分。毕竟我对我爸没什么印象，如果有，就是讨厌他，觉得他伤害了我妈。

反正就那么回事吧，我妈强势，说是每周可以让我爸见我一次，时间很短，只够吃饭。后来还总以功课紧为由推脱。看起来是她知道怎么利用这个折磨我爸和她自己。胜宇说，我爸经常偷着去学校看我。但这些我都不知道。

故事大概就是这样，所以才有了那次滑雪，让你受了伤。

那天的事，你侄女跟我说了大概，我们俩加了微信。昨天她突然找我，说不管怎样，都应该跟你说生日快乐。还说，最好当面说。她挺酷，说感情可以没有，但疑问必须得解开。我说你叔儿应该不大想让你管这些。她说，我只是希望他开心一些，伤心其实是另一种开心。我说有道理。她说你直接来找他就好，他也逃不了，总在家里。

楚储说完，类似苦笑。

丁辛辛跟我说，让我跟你讲明白好了，当成生日礼物。我觉得对，我们两个成年人都不如她一个小姑娘勇敢，这怎么行。

丁辛辛？！又是丁辛辛！看我一直萎靡不振，又自作主张。这样看来，从昨天过生日，到和何美她们视频，再到今天楚储上门，她大概是早就制订了计划，并且坚定地执行了它们！

医生说了，伤口要是老不好，就得清创。想起某天，丁辛辛帮我换药，盯着我的脚说过这样的话，然后她又说，你还可以，恢复得不错。

是的，我恢复得不错，确切地说，到昨天，我已经基本好了。

我把蛋糕切开，给楚储一块，自己一块。

几乎是吞下它们。

楚储垂着眼帘，默默地，将蛋糕分成一小块一小块的，一点点吃掉。

甜食让人快乐，但其实，我们都知道，快乐才让人快乐，其他都是快乐的借口。

蛋糕吃完。她站起身，说，那我走啦。

　　我想叫住她，但我没有这么做，我想一个人待着，至少今天是。思绪还有点儿乱，不知道从何整理。

　　门被她关上了，皮卡被关在门内，她跟它说了再见。桌上的马醉木在风中微微颤动，似有千言万语。

22

我不能放下的一切

选择一条路，就把一条路走好。

我和楚储的故事，就此告一段落。

丁辛辛晚上回来时，没有问我什么，只是看到我已能自主行走，惊呼了不起。

虽然步伐缓慢，之后的我可没少做事情。

我先跟尊姐打了电话，约了时间重新开会，觉得剧本大纲之后仍有调整的余地，看看是否有新的角度可以重新进入。

唐编辑方面，我将现有的稿件发给她看，并说明，这些不当定稿，只为想法，如认为有向下发展的必要，可立即开始写。

第二天上午，我准备去看看雷悟的猫，为防万一，还是带上了拐杖，但拎着不用，尽力行走如常。

叫车前，我先缓步行到街拐角处，看了看楚储说的那三棵树，确实不知道树种，现在已经是夏天，叶子爬满枝头，挤挤挨挨，充满生机。

阳光刺眼，我龇牙咧嘴看了一会儿，引得一个闪送小哥骑着摩托过来时，也跟着向上看了一会儿，随后打出响亮的喷嚏，问我，什么挂树上了？

我说气球。

闪送小哥龇牙咧嘴地找了一会儿说，看不见啊。

我说，是，破了。

猫还认识我，雷悟家一切如常，富贵竹在疯长，想来他最近财务状况不错。

晚上回来，我定了一些菜，自己下厨忙活。晚上等丁辛辛回来时，硬是凑够了四菜一汤。丁辛辛拿了冰啤酒和我对饮，我喝了一口，说，今天开始，戒酒了。

丁辛辛没有问为什么。

第三天时，接到我哥的电话，说我爸做了个青光眼的手术，马上要出院。如果我时间方便，可以带丁辛辛回来看看。我在电话这头心惊肉跳，让他万万不要骗我，有什么事儿直说，我好有个思想准备。他嘿嘿一笑说，你准备啥，真没有骗你，你们买明天早上的票就好。

我和丁辛辛回到老家已经是次日中午，直接前往医院。爸爸右眼贴着纱布，见到我眼泪又立刻下来，说真是人一老浑身都出问题，又给你们添麻烦。

我妈说你别又乱动感情，现在不让哭，多大的事儿啊。又愧疚地看着我说，你爸就是这样，跟个小孩一样。看到丁辛辛，说，孙女快去安慰下爷爷。

丁辛辛过去抱住我爸，叫声爷爷，给他擦眼泪。她自小被我爸带大，两人情感甚笃。我爸终于不再落泪，紧紧拉住丁辛辛的手问这问那。我妈则看向我，问我吃没吃饭，怎么瘦了。

我说太好了，终于瘦了，饭还没吃，一会儿去吃。

继而她问，你怎么走路一拐一拐的，你再给我走走看。我鹰一样的妈妈，即便只是我刚走进病房的这几步路，还是被她发现破绽。我站起身，挪动步子说，前两天崴了一下。现在早没事儿了。她说去医院看了吗？我说看了看了，只是遛狗不小心而已。

丁辛辛忙里偷闲看我，冲我挤眼睛。

中午和我哥还有丁辛辛在医院旁边的餐厅简单吃了顿饭，给爸妈打了包，准备继续回到病房去。

路上阳光很强，知了突然开始叫，夏天终于来了。

看着我们三个人的影子，我走路还歪歪扭扭，我哥说你这脚真没事儿？我说没事儿。丁辛辛哈哈大笑，说我叔真疼的可不是脚。我哥问那是哪儿。丁辛辛指着心脏部分。我笑着要踢她，她飞速跑开，手缩在阔大的袖中，成空管儿的样子，四下摆动，迎风招展，像个风筝。

我说，哥，如果前边跑的不是丁辛辛，我觉得这是我们俩小时候的暑假。

我哥说，是啊。时间真是太快了。

前边，一辆房车缓缓停下，从车上下来一人，竟是嫂子。她瘦了挺多，一身牛仔装，头发扎起来，看起来年轻不少。此刻正手里晃着钥匙，冲着丁辛辛喊：嘿，傻丫头！

丁辛辛冲过去，抱住嫂子。

嫂子用手拍她的背，再将她从怀中拉出，仔细地看了看，说，没黑。

然后冲我和我哥笑着说，我今天提车了，来，上去看看。

我哥跟我说，你去看，我前边陪她看过好几遍了，我先回去给爸妈送饭。

丁辛辛已经冲上房车，嫂子跟我摆手说，快来，自己紧跟着上去。

我步子慢，迫于嫂子的热情，只好任我哥走开，自己缓步上前。

回头看了一眼我哥，他已走出二十多米。医院广场上一棵树都没有，阳光从他侧面打下去，将他的身影晒得焦煳。他背驼着，身体似乎被抽干了水分，已经是个十足的中年人模样。此刻他正在认真调整手提袋里的东西，餐盒装得歪了，似乎有菜汤漏了出来。感受到我的目光一般，他回头时正好看到了我，憨憨地笑了下，挥手说，赶紧去。

我哥年轻的时候挺帅，朗眉星目，酷爱照镜子，现在突然间就显老了，今天吃饭时看他胡茬花白，眼角都是皱纹，不知道他是不是还爱照镜子。

我鼻头一酸，眼睛有点儿疼，日光真烈，比小时候更烈一些。

车是小型的房车，上去是一对沙发座，中间有个窄的茶几。背后是卫生间，再往里拉帘，有张小床，可供休息。嫂子说，全款三十多万，非常合算，我交了首付，月供三千。准备择日出发，第一趟先去新疆。

丁辛辛很是兴奋，东摸西摸。随后人躺在床上，说这也不够长啊。嫂子回嘴，声音洪亮，说还能跟家里床一样舒服？这已经非常好了。

我说我能洗个手吗？正好试试设备。嫂子说当然可以，今天刚加完水，洗澡都行。

进到洗手间里，我照了照镜子，平复了下情绪，用心洗手，水流不大，类似动车上的。马桶更小，让人觉得空间幽闭。出来时，正听见嫂子跟丁辛辛说，这以后就是你半个家了。

丁辛辛在床上默默点头。

嫂子说，你听明白了吗？妈妈要把这半个家开走了啊。

我甩着手说，车里还是闷，我下去透透气哈。

嫂子说，有空调啊，我给你开。

我说不用，一拐一拐逃也似的下车，关上车门前，终于听到丁辛辛哇的一声哭了出来。

路边有一棵树，不大，我走过去，在树荫下待着。过了好一会儿，丁辛辛出来了，嫂子跟着下来。侄女的脸又涨得通红，像跟我一起找房那天一样，她应该是对自己的眼泪过敏。

我说，我慢，我先往回走啦。你们跟上。

下午一切如常，嫂子到病房里，嘴里还是叫着爸妈。她和我哥性格相反，脑子活络，有活跃气氛的能量。我妈说问过医生了，你爸晚上可以出门，我请你们吃一顿大餐。

大家鼓掌欢迎，我哥说老太太最有钱。

妈妈跟着笑说,我可不是老太太。又看我和侄女一眼,说,你们慢点长大,我就慢点变成老太太。

妈妈爱美,几年前觉得染发对身体不好,开始戴假发,咖啡棕色短款。今天发间别了珍珠卡子,化了淡淡的妆,颈上系了粉色的纱巾。

晚饭定在医院对面的铁锅炖,包间一半做成了东北土炕,人需要盘腿坐上去,中间围着铁锅,肉类是鸡肉和排骨,配料是粉条和豆腐,蔬菜也不少。

我和爸妈坐上炕去,哥哥一家三口坐在铁锅对面。服务员是个大姐,往锅里下菜时嘴不闲着,和我妈聊天,说这一家人,都真高真漂亮。我妈毫不羞涩,说,唉,这几年不行了,之前更漂亮,现在就我还没掉规格。两人哈哈大笑。

我哥拿来啤酒,我和丁辛辛交换眼色,异口同声,连说我们可不会喝酒。

大姐盖上锅盖,按了倒计时器。人出去前叮嘱,不要着急揭开,倒计时器响了我来揭锅,锅边烫,小心烫伤。漂亮的人儿,她跟妈妈说,你负责监督啊。

我妈笑着满口答应。

妈妈和大姐的笑声落了地,时间开始倒着走。一家人看着铁锅上渐渐蒸腾出来的雾气,竟突然安静了下来,包厢里像有什么被突然抽走了。

嫂子手里挪动筷子,和碗的边缘发出细碎的摩擦声。我哥喉结一动,咽了一口口水,声响过于大了,很难让人不注意到他。丁辛辛伸手拿起一罐可乐，正纠结用哪根手指打开。我哥接过来，"啪"地打开了。

除了气泡破碎声外，一切仍是安静的。一般到此时，该是我妈催我结婚的固定时间，偏偏她今天什么也不说，似乎放弃了发球权。我本已热身完毕，做好接球准备，现在空在当场，暂时找不到任何话题，只好任安静延续。

我爸发出一声叹息，悠长且慢，像为此刻的氛围定调，然后我妈拍了拍他，说好吃好喝的，等着就是了，你叹什么气，饿了？

我爸说，就是觉得拖累孩子们。情绪上来，看样子又要掉泪。

拖累他们是应该的。我妈打断了他，说，孩子们可没抱怨一句。来，把啤酒打开，都倒上。

我哥起开啤酒。妈妈接着说，我算是看明白了，只要活得长，孩子们的福总是能享上。像是说给我爸听，更像是开解自己。

杯子是那种小的口杯，倒啤酒需要格外谨慎，我哥将啤酒一一给大家倒上。我妈借这时间搂住我的肩膀，捏了捏说，还是瘦。我说不瘦，这仨月还胖了。我妈说，不胖，刚刚好，但也不能太胖，你哥需要减肚子，那样对身体不好。

妈妈拿起啤酒，像努力想了想，然后对着大家说，我和你爸不一样，我可不觉得拖累你们。之前你们老是对我这个病不敢提不敢说的，这样不好。今天我统一说一下，我脑子可能以后就不大好了，万一记不清事儿，不要笑我。人都会老，没什么可怕的，你们也别被这个事儿吓到，更不要因为我把自己生活都影响了。该努力努力，该奋斗奋斗。她顿了顿，看向我，继续说，尤其是丁本牧，不在我身边，又还没有成家，更要记住你们有你们的任务，我和你爸都不算最重要的。

大家都不知怎么接话，手端着杯子在空中，没来得及碰上。丁辛辛眼睛一闪，几乎要哭，被我哥迅速用腿碰了下，只得赶紧别过脸去。

我妈端着酒杯，跟我哥说，本义，就当我偏心，向着你弟弟，反正我就赖上你了。你弟弟呢，要去忙他的，他要有文化，要写东西的，你们俩任务不同，你得认。

我想说话，被妈妈按住。我哥笑了说，早就知道你偏心啊。

妈妈接着说，知道就好。我文化不高，就说这么多吧。不过我看我现在没啥问题，还等着给本牧带孩子。我也不知道为什么，脑子里总有画面，还是一对双胞胎，一个男孩一个女孩。

我妈终于还是狠心扣球了，弧线球，突如其来，避无可避。

似乎怕我顶嘴，她迅速转向我哥说，你一切都好，都看得见，没什么可担心的了，就是不能再胖。我妈说完，笑了一下，来，一起干杯。

酒喝下去之后，倒计时器响了，大姐定是被派来拯救这个包厢的人，蒸汽缓解了大家眼里的湿气。她掀开锅盖，拿起锅铲翻动锅里的菜，然后将锅盖拿走，跟妈妈说，漂亮人儿，可以吃啦。

我妈说，好嘞。来，大家吃饭。

这顿饭吃得相当具体，话题都在菜上，包括鸡块的部位是哪里、土豆是不是不够软烂之类的，其余的事儿，一概没说。

吃完饭，已经八点多钟，一家人缓步走回医院去。我和丁辛辛一起走在前边，（其实是心里怕我妈再度发球），妈妈却急步跟了上来，硬从我俩中间钻过来，再双臂将我俩紧紧挎住，嘴里念念有词说，我的两个小家伙。

我都四十了还小家伙。说完我就立刻后悔了。

我不觉得你四十，我觉得你二十，辛辛十岁。我妈笑着，脑袋左右晃动，说，我四十多。

丁辛辛笑，奶奶是漂亮人儿，永远四十多。

妈妈说，对。来，我们三个步子得齐啊，左，右，左，一二一。

三个人笨拙地调整步子，天空是蓝黑色的，月亮斜挂着，大而明亮。

身后，我哥在笑，你们仨喝多了？小心摔倒。

我妈说，才没喝多呢。

步子终于调整一致，前边就是斑马线了，绿灯还剩十五秒。我妈双臂拉紧我和丁辛辛，说，冲过去。

丁辛辛说，不必了吧。

我妈碎步跑了起来，又回头跟我哥他们说，十万火急，我们先过去了！

三人终于在红灯之前跑到了马路对面，回过身来，看我哥扶着爸爸，嫂子跟在旁边，正在对面等红灯变绿。

妈妈调整了下呼吸，看着对面，对我说，你哥哥最辛苦了，我最担心的是他。上有老下有小，中间有烦恼。

转头又对丁辛辛说，要对你爸爸好。又说，爸爸妈妈永远是爸爸妈妈，分开了也是。

丁辛辛用力地点了点头。

绿灯亮了，妈妈的笑声穿过街道，步子要齐啊你们，一二一。

一二一。

一家人都在笑。

到病房安顿好爸爸。妈妈跟我说，今天我们都回家去住，你在这里陪床。我哥连说不用他，我在就好了，他照顾不了。我妈说，照顾得了，不然白回来了，你回去洗洗澡，好好睡一觉。

我哥还想坚持，被我妈眼神制止了，只好答应。

我妈又跟嫂子说，我也坐坐你的新房车，一会儿拉我和辛辛回去。

住院部楼下，看着三人的背影走远，我拿出烟来，递给我哥一根。我哥说，戒了，所以才胖的。

哥在月光下憨笑，面孔熟悉又陌生，最后他还是接过烟，说，那就抽一根儿，但你也要少抽，写东西的时候尤其少抽。

我笑说那很难，比写东西还难啊。给他点烟，他凑过来，打火机的微光里，他两鬓的头发也白了，加上没有修剪，参差不齐。他更年轻的时候头发黑亮，发际线清晰，鬓角有型，让我一直很羡慕。

我们俩没有说话，在石阶上蹲下来，旁边有两棵梧桐树，碗口粗细。夏夜里，风很轻微，透着凉意，树叶微微颤动，蛐蛐儿在叫。夏夜的天空更远，呈墨蓝色，有隐约的星光。

我吐了一口气，终于说出来，哥，你别拿妈的话当真，最近真是辛苦你了。

哥哥没回答我，抬头看着天空，突然说，地球很大吧。在太阳系里啥都不算。太阳系很大，在宇宙里其实也算不了什么。

我一时没有反应过来，"啊"了一声。

哥哥说，我最近陪床，老看跟宇宙有关系的纪录片，觉得人太渺小了。

他索性坐下，从随身包里掏出一个 iPad，是我给他的淘汰的那款。打开 iPad，他说，这个 App，你知道吗？可以看到星系的。

那被叫作星图的 App，和天空一样，背景是墨蓝色的。上边有星系图，用它对着天空，就呈现出各个星座的位置。月球旁，是巨蟹座，轩辕和柳宿在侧。向左，是狮子座，气势宏伟，昂首挺胸。再往左移，是猎犬座，共两只，呈猎犬吠天之状。还有更多名字，被称为天璇天枢的，名为招摇星和梗河一的，挤挤挨挨，没有穷尽，看起来分外热闹。

他在星系图上滑动手指，最亮的是太阳、水星、天王星、海王星，一条虚线将它们串联起来，星河随着他的手指转动起来。

无限辽阔，没有边界。

他点开月球，诸多数据，比如岩态行星，直径三千四百七十六千米，和地球距离三十八万四千千米。

我们能看到的最大的是月亮，可月亮上的影子，就是地球的影子，我们在地球上看着地球，是不是挺奇妙的？哥哥问我，但显然不期待我回答。

他冲着月亮招了招手。

我突然想起小时候。我和他两人刚看完电影匆匆往家里走。天气很冷，月亮把人身影照得粗短，街道干净，前后都没有人，暗处似乎隐藏着可怕的什么。他脚步越来越快，最终喊了一声，还是跑了起来，我吓得屁滚尿流，只得匆忙跟上，在他后边大喊，哥哥等等我。

当然，他会在门口等我，总是后一个进家门的那个。

我也坐下来，将目光移到空中，看着月亮发呆。

爸妈老了。我哥说，我们得有所准备，心理上的。我们也会老的，但没什么，看看这些星星，宇宙万物，就知道老其实不算什么了。

他叹口气，说，每颗星星，都有自己的轨迹。人这一辈子，很快的。所以你得好好整。选择一条路，就把一条路走好。

我哥掐灭烟，把 iPad 收起来，放回包中。说，我回去了，你今天陪床，辛苦一点儿。咱爸爱喝热水，用他保温杯给他倒一杯，不然又得说。

我说好，然后起身送他。

我从来不知道你喜欢这个。我由衷地说。

他跨上电动车，拧开钥匙，冲我笑了下，说，别说你了，我都快忘了。

哥哥很快消失在医院出口处。

我站在原地，看了好一会儿月亮，才慢慢走上楼去。

23

我不能放下的一切

窗户开着，风涌进来，
像没有人来住过一样。

断矛指向天空，他们齐声在唱。

"追梦，不会成真的梦，忍受，不能承受的痛，挑战，不可战胜的敌手，跋涉，无人敢行的路。改变，不容撼动的错，仰慕，纯真高洁的心，远征，不惧伤痛与疲惫，去摘，遥不可及的星。"

歌剧《我，堂吉诃德》的现场，演员们正在谢幕。我看向丁辛辛时，她正拭掉眼泪。我多年不在戏院里哭，此刻还为自己中途的几次落泪感到惭愧。她用手肘轻轻碰我，低声说，叔儿，我觉得这老头儿就是你呢。

我笑着说，如果我疯了，同样是作为侄女，安东尼娅，你不要这样搭救我。

她说，当疯子挺好的……

剧里，老头儿阿隆索沉迷于骑士传说走火入魔，误认为自己是堂吉诃德，带上仆人桑丘开始探险。途中，他将风车幻想成巨人，与之大战，又将旅馆当作城堡，爱上厨娘阿尔东莎，硬唤她作杜尔西妮亚，世人当然视他为疯癫。

他的侄女安东尼娅为了继承遗产，防止自己利益受损，一心想让他恢复正常，遂请来牧师，化身镜子骑士，对他进行精神治疗。阿隆索在镜中看到真实的自己，认清现实，晕了过去。剧终时，受阿尔东莎的鼓励，阿隆索重新站起，拾起断矛，意图再度出征……

掌声雷动里，我和丁辛辛站起，一起跟着唱：远征，不惧伤痛与疲惫，去摘，遥不可及的星……

一起看歌剧是因为丁辛辛要离开北京，去上海工作，她特意买了歌剧的票给我，说是为表示感谢，我说我也谢谢你，不然我不知道我一个人生活多美好。后来还是说了真话，你这一走，我又变回原来的样子了。

她说，不会的。看起来对我颇有信心。

丁辛辛要去上海这事儿像极了心血来潮，我几乎要说出劝阻的话，后来放弃了。

三十岁之前，还是任由她闯荡去吧，不管选择什么样的职业，过什么样的生活，去往心之所向之地就好。本来人生就是一场经过，相信每一步都不会白费。只是我说没有办法陪她去选房子，又不断叮嘱说，不要活得两点一线，除了工作就是在出租屋里睡觉，上海那么大，要多走走看看。

她心里有数的样子，她说，叔儿，跟你住这半年，让我知道，人生本来没有定律的，即便有，也是别人的。我走自己的呗。

我当然同意。她比我想象中坚强、勇敢，可以接过长矛，一路向前。

她每天收拾一点儿，在我家里的痕迹越来越少，到全部打包之后，将行李全都寄到上海去了。

临行这天，她执意不让我去机场送她，说没必要，徒增伤感。她背着双肩背，手臂纤瘦，过来拥抱我，在我耳边说，加油啊，堂吉诃德。

我说，那我好好挣钱，争取多留遗产给你，安东尼娅。

她说，车到了，我要赶紧下楼。

我说等下，不要着急，其实没什么必须要赶的事情。转身去拿了拍立得相机。我和她蹲下，放皮卡在中间，拍了两张照片。皮卡似乎懂了什么，蹲坐在地板上，歪脸盯着镜头，姿态相当真诚。

不等照片显影，我将其中一张塞给丁辛辛。

然后我说出了最重要的话，发自真心，我说，谢谢你，丁辛辛。

我和皮卡陪她到小区门口，看她将双肩背扔入车后座，再钻进车里，关上车门。她按下车窗跟我挥手，笑容灿烂，说，上海见。

她把墨镜戴上了，车徐徐开动。我没有目送她，转身跟皮卡说，咱们回家吧。

我回到家，到丁辛辛的小屋里看了下，她收拾得格外干净，换气扇缓缓转动，窗户开着，风涌进来，像没有人来住过一样。

（完）

后 记

本来想要强调书中的"我"不是真的我的。

但后来想，你们把丁本牧当成我也没关系，只是不要代入我的脸就好，怕影响你们的想象空间。

作家很难不在作品里掺杂个人经验，写这本小说不算痛苦，但受体裁影响，算是要不间断解剖自我。我想了半年，写了半年，时常泛起乡愁，或者在孤独里站起身来，再重复坐下。每天和丁本牧朝夕相对，有时候很喜欢他，有时候很烦他，最后还是想抱抱他。

他太不完美，脆弱、多情、不敢负责、充满矛盾，是那种看起来一切如常实则千疮百孔的大人。

侄女在书中被我塑造得很轻巧，是我想象中的样子。丁辛辛个性勇敢，充满活力，有不符合她年龄的成熟，还有点儿任性。她是吹进丁本牧生活里的有劲道的风，短促、新鲜、令人振奋，却一掠而过。剩下的事情，还是要交还给丁本牧自己去完成。

而侄女自己，势必有她自己的命运，迎接她该应对的难处，这些是教不会的，也无法避免。道理都要靠她自己摸爬滚打着积攒，到她能讲出道理时，已经不需要这些道理了，这是人生的玄妙之处。

欣慰的是，书中的丁本牧没有总是板着脸来教育侄女，振振有词。更庆幸的是，生活中的我也没有变得好为人师。辞职之后，我回到自我的生活中来，深居简出。大多数时候仍像个孩子一般，如置身暑假之中，虽不至于贪玩，但对周遭一切重新充满好奇心。

事实上，我真有个侄女。

去年她毕业后，在北京工作，从夏天待到了冬天。后来自己找了新的工作机会，最终还是去了上海。

她在北京的半年并没有住在我家。我陪她去租房，是在东五环外的一个大型社区，骑共享单车摸到口香糖的事情真实发生过，她也真的泪如雨下，让我很是心疼。当天很热，她的脸红扑扑的，走在炙热的风里，长手长脚。

所幸找房子还算顺利，到真的帮她布置好房间，和她说了再见，开车回家的路上，我有了写这本小说的想法，手上的酒精味儿还没退去。

周末我会带她去好一点儿的餐厅吃饭，因为她住的地方，虽然有厨房，但是合租，不大方便开伙。我总觉得她吃外卖太多，不够卫生，又刚毕业没什么钱。怕她乱跑，又怕她不上班，就一直宅在家里，哪儿都不去。她在的这半年，我时常担心她，有为人父母的焦虑。到她真的离开时，我有松了一口气的感觉，但挂念还是有的，去上海拍节目的时候总是要见她，必须带她吃顿好饭。现在疫情影响不大方便去，只得偶尔给她转些钱，她说谢谢叔叔，发来眼含热泪的表情包，迅速收了。

我很爱这个侄女，但没有说过，一次都没有。我不知道自己算不算了解她，只隐约知道她谈过恋爱，现在是否单身尚不清楚。我们不算无话不谈，我只给她底线式的提醒，更多时候，连对朋友的那种严厉都没有。这样看来，我很是信得过她，也觉得，人其实不是所有时候都需要帮助的，我一直在这里就好了，算我们叔侄之间的默契。

她也很少跟我说生分的话，只是有一次提及过，说还是受我的影响挺深，觉得我总在目标坚定地前进，她也想努力一下，去过不一样的人生。

我很欣慰。

这本书，算是我对她的一种期望吧，希望她果决，勇敢，清晰，走自己走的路，迎接必须遇见的人，尽情，尽兴。

写作是一种自我发掘。算起来，距离第一本书《人生需要揭穿》已经过去了十年。那时的我好战善斗，容易哀人不幸。现在我平和了，不只是时间的关系，还有见地和视角。人很难过自己不想过的生活，所以现在能过的生活都是尽力而为，看起来是结果，其实是选择。

从文集《人生需要揭穿》和《世界与你无关》，到长篇小说《永无止尽的约会》以及《只在此刻的拥抱》，再到短篇小说集《亲爱的你》，一直写到这本长篇，我总是记录都市人心，在爱情这件事上兜兜转转，甚至做了综艺节目的主理人，依然在嘉宾的情感关系问题上有诸多疑问。这大概发自内心，人与世界的关系其实就是人与人的关系。我着迷于人和人的关系，好奇人们怎么忽然亲近，又怎么渐行渐远，也好奇为什么我们总会在某些时刻，要和特定类型的人更进一步，迷人的和折磨人的，都是同一种。这是没有准确答案的，生命因此丰富和充满魅力。

未来大概还会写下去吧。

书名最后定成《我不能放下的一切》，是最近在修订过程中，常常盘旋于内心的一句话，似乎也能概括小说主人公的状态及心境。或许，人生就是被这些不能放下的事情串联起来的吧。但现实生活中我变得不那么急了，节奏变得缓慢且沉默，慢慢明白人生本来不可预计，也不用过分后怕，操心暂时未发生的事情更显多余。焦虑时就去做具体的事情，最好在真的爱和爱好里找到一丝确定感和悠然自在，希望我和大家都能尽力做到。

我四十四岁了，依然期望自己像个少年，遇到喜欢的人和东西，不一定非得占有，但一定要告诉他们，谢谢他们的出现。

每次，都在后记里跟大家说一些话，像我们两年一次的长信。读者们在慢慢地长大和变化，但让人欣慰的是读书的人总是在的，这是好事。如果要表达祝福，那句没讲出来的话，应该是：去吧，去爱吧。去吧，去你想去的任何地方。

立刻启程，不要耽搁。

再次谢谢你们的陪伴。

丁丁张 2022 年 5 月 18 日

于北京

图书在版编目（CIP）数据

我不能放下的一切 / 丁丁张著 . —— 长沙：湖南文艺出版社，2022.12

ISBN 978-7-5726-0885-8

Ⅰ.①我… Ⅱ.①丁… Ⅲ.①长篇小说－中国－当代
Ⅳ.①I247.5

中国版本图书馆 CIP 数据核字（2022）第 192573 号

上架建议：畅销·小说

WO BUNENG FANGXIA DE YIQIE
我不能放下的一切

著　　者：丁丁张
出 版 人：陈新文
责任编辑：刘雪琳
监　　制：张微微　北　宜
策划编辑：李　乐
特约编辑：李　乐
营销支持：罗　洋　胖　丁
装帧设计：Acme studio　海　瑞　谢敏行
版式设计：梁秋晨
出　　版：湖南文艺出版社
　　　　　（长沙市雨花区东二环一段 508 号　邮编：410014）
网　　址：www.hnwy.net
印　　刷：三河市鑫金马印装有限公司
经　　销：新华书店
开　　本：815mm×1120mm　1/32
字　　数：207 千字
印　　张：10
版　　次：2022 年 12 月第 1 版
印　　次：2022 年 12 月第 1 次印刷
书　　号：ISBN 978-7-5726-0885-8
定　　价：49.80 元

若有质量问题，请致电质量监督电话：010-59096394
团购电话：010-59320018